하북팽가 검술천재 27

2024년 4월 19일 초판 1쇄 인쇄
2024년 4월 24일 초판 1쇄 발행

지은이 이도훈
발행인 김관영

기획 박경무 강민구 임동관 조익현 최시준 신정윤
책임편집 주현진
마케팅지원 유형일 장민정

발행처 (주)로크미디어
출판등록 2003년 3월 24일
주소 서울시 마포구 마포대로 45 일진빌딩 6층
Tel (02)3273-5135 **Fax** (02)3273-5134
홈페이지 rokmedia.com **E-mail** rokmedia@empas.com

© 이도훈, 2022

값 9,000원

ISBN 979-11-408-2177-8 (27권)
ISBN 979-11-354-7650-1 04810 (세트)

이도훈 신무협 장편소설

27

하북팽가

검술천재

차례

구사일생

낙엽 쓸리는 소리에 초아가 손짓했다.

기척을 최대한 죽이라는 신호였다.

순간 초아와 수하들의 기척이 희미해졌다.

기척뿐이 아니라 그들의 모습도 서리 낀 수풀과 구분이 안 될 정도였다.

순간 붉은 무복의 사내가 초아 일행의 앞을 지나갔다.

획.

붉은 무복의 사내는 물론 한빈이었다.

한빈 일행은 아무렇지 않게 백령정 안으로 들어갔다.

한빈은 백령정 옆의 연못에 서서 안쪽을 살폈다.

그때 설화가 조심스럽게 한빈을 바라보았다.

"공자님, 제가 기척을 느꼈는데요. 그게 조금 이상해서요."

"왜 이상하다는 거지?"

"누군지 아무리 생각해도 감이 안 잡혀서요. 한 명인지 두 명인지, 아니면 그 이상인지도 모르겠어요."

"그래서 결론은?"

"아무래도 현문 할아버지 같아요."

"현문 어르신이라고?"

한빈이 고개를 갸웃하자 설화가 재빨리 말을 이었다.

"현문 할아버지가 얼마 전부터 안 보이시는 걸로 보아 아무래도 공자님이 어떤 부탁을 하신 것 같아서요. 그 부탁이 이곳의 감시고요."

"흠, 반 정도는 맞았다."

"그럼 현문 할아버지의 기척이 맞아요?"

설화가 눈을 빛내자 한빈이 고개를 저었다.

"내가 현문 어르신께 감시 임무를 부탁한 것까지는 맞다. 그런데 내가 감시를 부탁한 것은 이곳이 아니라는 점이 중요하지."

"어떤 감시를 부탁했는지는 비밀이겠죠?"

"우리가 가야 할 무당산의 감시지, 어디긴 어디겠어?"

"앗, 그걸 갑자기 말해 주시면 어떻게 해요?"

"왜 그렇게 놀라지?"

"당연히 비밀일 줄 알았는데……."

설화가 말끝을 흐리며 주변을 살폈다. 그러고는 목소리를 낮췄다.

"그럼 여기에서 우릴 지켜보는 건 누구예요?"

"백경!"

"공자님, 목소리가 너무 커요."

"에이, 그 정도는 들리지도 않을 거다. 그 정도의 귀식대법을 펼치는데 청각이 멀쩡할 리 없지."

한빈이 씩 웃었다.

귀식대법은 기의 흐름을 차단하는 것이 기본이다.

덕분에 먹지도 자지도 않고 몇 날 며칠을 버틸 수 있다.

하지만 치명적인 약점도 있다.

바로 귀식대법을 펼친 자의 오감이 미약해진다는 점이다.

그런 이유로 살수들이 귀식대법을 펼칠 때는 목표물의 가까이 있는 공간에 자리 잡는다.

그런데 초아와 그녀의 수하들은 백령정의 입구에서 조금도 움직이지 않고 있다.

한빈은 조용히 백령정의 입구를 바라봤다.

아직도 기척을 죽인 채 움직이지 않고 있는 것을 봐서는 꽤 긴장한 것 같았다.

아마도 한빈이 걸어 놓은 근묵자흑의 영향인 듯싶었다.

그때 설화가 눈을 가늘게 떴다.

"혈후를 비롯한 백경의 사람은 모두 떠났잖아요."

"아직 남은 사람도 있지."

"누구요?"

"네가 파묻었던 친구들……."

한빈이 의미심장한 웃음을 짓자 설화가 눈을 크게 떴다.

설화는 자신이 파묻었던 백경의 무사들을 떠올릴 수밖에 없었다.

원한이 서린 눈빛으로 바라보던 그때를 설화는 잊을 수 없었다.

그때 설화는 고문 아닌 고문을 하며 초아를 비롯한 그들의 신상을 모두 파악해 놓았었다.

그들을 다급히 파묻느라 뜻하지 않게 초아와 자청이란 무사의 입에 흙을 쏟아 넣기도 했다.

그때는 생각하지 못했지만, 지금 생각해 보면 실수였다.

한빈이 항상 강조하는 것이 적보다 아군을 많이 만들라는 것이었다.

적까지 아군으로 만들면 일거양득이라 할 수 있었다.

중요한 것은 그들의 무공이 설화의 아래가 아니라는 점이었다.

설화가 근심스러운 표정으로 물었다.

"앗, 그럼 저한테 복수하러 이곳에 왔다고요?"

"그건 아니고 다른 이유가 있는 것 같네. 아마도 나를 보러 왔겠지."

"무슨 이유요?"

"그건 나중에 물어봐야지."

한빈이 아무렇지 않게 말하자 설화가 다급하게 한 발 다가섰다.

"어떻게 물어봐요?"

"아마도 때가 되면 찾아올 것 같다."

"그걸 공자님이 어떻게 알아요?"

호기심이 이는 듯 설화의 눈이 반짝였다.

그 모습에 한빈이 아무렇지 않게 답했다.

"입구에 숨어 있던 아이의 기감이 무척 불안하더구나. 아마도 나와 관계된 문제인 것 같구나."

"공자님과 관계된 문제요? 혹시 중독시켰어요?"

"뭐, 비슷한 거지."

한빈이 피식 웃었다.

근묵자흑의 초식이 진짜 독이라고 볼 수 있을까?

한빈도 함부로 정의할 수 없는 것이 용린검법들의 초식이었다.

본능적으로 사용하고는 있지만, 한빈도 모르는 부분이 많았다.

그때 청화가 끼어들었다.

"독은 아니에요, 언니."

"네가 어떻게 알아?"

"독이라면 제가 느낄 수 있거든요."

"오호, 우리 청화가 많이 컸네."

"제가 컸다고요? 그렇게 많이 자라지는 않은 것 같은데……."

청화는 울상을 지으며 자신의 머리 위에 손바닥을 올렸다.

그 모습에 한빈이 말했다.

"이제 슬슬 준비해 보자꾸나."

"저랑 청화 그리고 소군까지, 모두 준비 다 됐어요."

설화가 당당한 표정으로 손을 번쩍 들었다.

그 모습에 한빈이 말했다.

"그럼 들어가자."

"어디로요?"

"일단 문을 열어야지."

"그러니까, 어떻게 여냐고요?"

설화는 호기심을 이기지 못한 듯 안달이 나 있었다.

그 모습에 한빈이 웃었다.

"하하, 설화가 마음이 급하구나. 이제부터 천천히 열쇠 구멍을 찾아봐야지."

설화가 이해가 안 된다는 듯 연못을 가리켰다.

"공자님, 아무리 생각해도 이상해요. 저기에 문이 있다는 거잖아요. 그런데 저 안에 그 열쇠를 던지면 영영 못 찾을 것 같아요."

"왜 그렇게 생각하느냐?"

"저걸 보세요. 물이 맑긴 한데 아래가 보이지 않아요. 아무리 봐도 깊이를 측정할 수 없어요."

"옛 성현들이 말씀하셨지."

"뭐라고요?"

"열 길 물속은 알아도 한 길 사람 속은 모른다고 말이다."

"그게 무슨 말이에요? 이 상황하고 맞는 속담이 아니잖아요, 공자님."

"아니다. 딱 맞는 속담이란다."

"그게 어떻게 맞아요?"

"그만큼 열 길 물속은 알기 쉽다는 거지."

"어, 그게 아닌 것 같은데요."

설화가 고개를 갸웃했다.

아무리 생각해도 해석이 잘못된 듯싶었기 때문이다.

하지만 한빈은 더는 답하지 않고 육각형의 자철석을 꺼냈다.

한빈은 육각형의 자철석과 연못을 번갈아 봤다.

말을 마친 한빈이 육각형의 자철석을 매만지며 안력을 돋궜다.

그때 손바닥 위에 있는 자철석이 살짝 움직였다.

스르륵.

설화는 말을 맺지 못하고 입을 벌렸다.

한빈이 아무런 행동도 하지 않았는데 자철석으로 된 육각형 열쇠가 연못으로 빨려 들어갔기 때문이다.

마치 잠자리가 날갯짓하듯 자철석은 한빈의 손 위에서 가볍게 떨렸다.

떨리던 자철석이 갑자기 공중 위로 떠오르더니 연못으로 날아갔다.

움직임이 묘한 것이, 마치 누군가 허공섭물의 수법으로 자철석을 조종하는 것만 같았다.

덕분에 설화는 눈도 깜빡이지 않고 육각형의 자철석에 집중했다.

하지만 자철석은 설화의 예상과는 달리 연못 속으로 빨려 들어갔다.

첨벙.

설화가 소스라치게 놀라 물었다.

"공자님, 어떻게 해요?"

"호들갑 떨 것 없다. 열쇠가 알아서 구멍을 찾아가는 것이니 말이다."

한빈이 팔짱을 끼고 다시 안력을 돋궜다.

자철석이라는 물건은 서로 다른 방향을 만나면 끌어당기는 성질이 있기에, 기관 장치에는 제법 많이 쓰는 광석이었다.

하지만 한빈도 이렇게 열쇠로 만든 것은 처음 봤다.

잠시 기다리자 지축이 흔들렸다.

드드득.

그 진동에 약간 멀리 떨어져 있던 청화도 다급하게 연못가로 달려왔다.

달려온 청화도 한빈과 마찬가지로 팔짱을 끼고 문이 열리기를 기다렸다.

얼마나 지났을까?

설화가 찔끔 눈물을 흘렸다.

자철석이 연못에 빠진 후 눈도 깜빡이지 않고 바라보았기 때문이다.

설화는 눈물을 소매로 닦고 다시 아래를 바라봤다.

사실 설화는 요즘 한빈에게 다양한 진법에 대해서 배우는 중이었다.

진법을 공부하고 있는 것은 위기감을 느껴서였다.

강호에서 살아남으려면 숨겨 놓은 비장의 수법 하나 정도는 있어야 한다.

흑천의 특급 살수로 활약할 때에는 귀식대법이나 은밀함

에 민첩함을 더한 검술이 자신의 특기라고 생각했다.

하지만 한빈의 옆에 있고 나서부터는 상황이 달라졌다.

설화가 전에 내세웠던 자랑거리는 평범함에도 미치지 못했다.

한빈뿐이 아니었다. 친동생 같은 청화는 공독지체를 이루면서 독공에 있어서는 천하제일을 다투게 되었다.

아무리 생각해도 지금의 자신은 너무 평범했다.

이 때문에 설화는 한동안 시무룩해 있었다.

설화도 당당히 내세울 수 있는 특기 하나 정도는 가지고 싶었다.

그래서 한빈에게 부탁한 것이 바로 기관 장치와 진법의 공부였다.

다른 건 몰라도 머리를 쓰는 일이라면 자신 있었다.

검술과는 별개로 진법과 기관 장치를 공부해 놓는다면 한빈에게도 도움이 될 것이라고 생각했다.

기관과 진법을 공부하는 설화의 입장에서, 이렇게 생소한 출입문은 보물과도 같았다.

한참을 바라보던 설화가 고개를 갸웃했다.

연못에 아무런 변화도 없었기 때문이다.

물속으로 열쇠가 빨려 들어간 지 일각 정도가 지났다.

연못의 물이 빠지고 문이 열려야 정상이었다.

참다못한 설화가 한빈을 바라봤다.

"공자님, 어떻게 된 거죠? 아무리 봐도 변화가 없어요."

"흠, 글쎄다……."

한빈이 아무렇지 않게 계속 연못을 바라봤다.

그 모습에 설화는 숨을 죽였다.

한빈이 이렇게 심각한 표정을 짓는 것은 처음이었기 때문이다.

그것도 잠시, 한빈이 웃음을 지었다.

"그랬군. 백 문주가 날 놀린 것이 분명해."

"그게 무슨 말씀이에요? 공자님."

"문을 열기 위해서도 수수께끼를 풀어야 한다는 얘기지."

"수수께끼가 어디 있어요? 아무리 봐도 없는데요."

"저기를 봐라."

한빈이 어딘가를 가리켰다. 한빈이 가리킨 곳은 연못 옆에 있던 바위였다.

그 바위는 높이는 낮았으나 넓게 퍼져 있었다.

마치 바둑판 같은 모양새였다.

설화도 눈치챘는지 바위를 보고 눈을 크게 떴다.

"저게 수수께끼라는 거죠?"

"일단 살펴보자."

한빈이 바위 쪽으로 걸어갔다.

그곳에는 한빈의 예상대로 바둑판의 줄이 그려져 있었다.

바위의 표면을 덮고 있던 눈 중 일부는 녹아 있었다.

가만히 보니 동그란 형태로 아직 남아 있는 눈은 하얀 바둑돌로 보였다.

그때 설화가 옆쪽을 가리켰다.

"공자님, 저기 보세요. 저기에 검은 돌이 있어요. 그럼 흰 돌에 맞춰 검은 돌을 올려놓으면 문이 열린다는 거죠?"

"아마도……."

한빈이 아무렇지 않게 고개를 끄덕이자 설화가 검은 돌과 바둑판이 된 바위 위를 번갈아 봤다.

"그럼 지금부터 어떻게 해야 하는 거예요? 공자님."

"……."

한빈은 답하지 않고 조용히 바둑판이 된 바위를 바라보기만 했다.

한빈은 마치 사색에 잠긴 듯 한동안 말이 없었다.

어떻게 된 일일까?

사실 한빈도 처음 보는 기보였다.

기보란 대국을 기록해 놓은 자료를 말한다.

한빈은 전생에 대부분의 기보에 대해서 공부했다.

유명한 기보들은 때로는 진법이나 기관진식을 파훼하는 데 기본이 되곤 하니까.

하지만 지금 눈앞에 있는 기보는 처음 보는 형태였다.

한빈이 기관진식에 아무리 뛰어나도 바둑의 천재까지는

아니었다.

한빈은 조용히 심화편의 구결을 바라봤다.

지(智)의 구결을 사용하기 위해서였다.

구결에 집중하자 머리가 맑아졌다.

마치 상단전이 개방된 것처럼 용린의 기운이 백회혈로 몰려들었다.

한빈은 그 상태에서 눈을 감았다.

그러고는 전생의 기억과 현생의 기억을 모두 뒤져서 비슷한 기보를 찾기 시작했다.

용린검법의 심화편, 그중에서도 지의 구결이 맹렬히 돌아갔다.

한빈의 머릿속에서는 책장 넘기는 소리가 들려오고 있었다.

스르륵.

이것은 지의 구결이 주는 효용이었다.

용린검법은 한빈의 기억을 책자로 만들어서 눈앞에 보여주고 있었다.

책장 한 장 한 장이 넘어가는 시간은 그야말로 찰나의 시간이었다.

미처 떠올리지 못한 기보를 한빈은 샅샅이 뒤졌다.

하지만 원하는 결론은 찾을 수 없었다.

순간 머리를 관통하는 깨달음.

그것은 이것이 바둑판이 아닐지도 모른다는 생각이었다.

바둑판이 아니라면 무엇일까?

바위 위에 가로와 세로로 선이 그려져 있고 그 위에 흰 돌이 놓여 있기에 바둑판으로 보였던 것.

자세히 생각해 보면 가문에서 처음 글을 가르쳐 주던 스승도 서책 위에 비슷한 격자무늬를 그어 놨었다.

그러고는 한 글자 한 글자를 격자무늬에 맞추어 쓰게 만들었다.

정확한 서체를 유지하기 위한 수단이었다.

그렇다면, 저 바위 위에 그려야 할 것은 기보가 아니라 글자일 수도 있었다.

그렇다면 어떤 글자를 그려야 할까?

한빈의 머리가 맹렬히 돌아갔다.

지의 구결이 점점 줄어들고 있지만, 한빈은 생각을 멈추지 않았다.

아니, 멈출 수 없었다.

저곳에 있는 보물은 한빈의 경지를 높여 줄 기연이 담긴 물건일 수도 있었다.

그보다 중요한 것은 백경의 인물인 혈후와 백이 동시에 저 물건을 찾는다는 점이다.

적이 찾는 물건은 자신에게는 무기가 될 것이 분명했다.

이것은 강호의 법칙.

한빈이 드디어 눈을 떴다.

기억의 조각을 모으고 또 모아서 하나의 글자 몇 개를 떠올린 것이다.

아마도 그중 하나일 터.

눈을 뜬 한빈은 조용히 바위를 다시 살폈다.

그때 한빈이 눈을 크게 떴다.

설화가 바둑돌을 옮기고 있기 때문이었다.

옆에서는 청화와 소군까지 설화를 돕고 있었다.

눈앞에 펼쳐진 기관진식은 지의 구결을 사용하고서도 겨우 단서를 얻었을 뿐이었다.

그런데 벌써 단서를 떠올리고 실행에 옮기는 설화의 행동은 놀랍기만 했다.

기관진식을 우연의 일치로 풀어낼 수 있을까?

그것은 검은콩 한 줌을 아무렇게나 땅에 던지고 글자가 되기를 기대하는 것과도 같았다.

즉, 가능성이 없다는 말이었다.

재빨리 손을 뻗어서 말리려 하던 한빈이 고개를 갸웃했다.

설화가 놓는 돌이 글자를 만들어 내고 있기 때문이다.

한빈이 지의 구결을 통해서 도출해 낸 글자는 '북풍한설(北風寒雪)'이다.

시의 한 구절에서는 따온 북풍한설 중 한 글자를 생각하고 있었다.

마침 설화가 놓은 검은 돌은 설(雪) 자를 만들었다.

딱.

설화가 마지막 돌을 놓았다.

완벽하게 '설'이라는 글자가 완성되었다.

놀란 한빈이 물었다.

"어떻게 이 문제를 푼 거지?"

"제가 진짜로 진식을 푼 거예요?"

"정답인지는 확실치 않지만, 내가 생각하던 방법과 유사하구나. 질책하려는 것이 아니라 신기해서 물어본 것이다."

"……."

설화는 말이 없었다.

그 모습에 한빈이 웃었다.

"싫으면 얘기하지 않아도 된다, 설화야."

"아니에요. 그냥 느낌으로 돌을 놓은 거예요."

"느낌이라……."

"어렸을 적 검은 돌과 흰 돌을 가지고 놀았던 것 같은 기억이 어렴풋이 나서요."

"흑천에서 말이냐?"

한빈이 눈매를 좁혔다. 흑천에서 그런 추억을 쌓았다는 게 이상해서였다.

한빈이 알기로는 설화는 어릴 적부터 흑천에서 자랐다.

흑천의 주인을 아버지로 알고 있으니 그 말이 맞을 것이다.

그런데 흑 돌과 백 돌로 놀이를 하고 있었다니!

흑 돌과 백 돌을 이용해서 노는 것은 북해의 풍습이었다.

흑천은 북해와는 거리가 먼 곳에 위치하고 있고 말이다.

아무리 생각해도 북해와 흑천은 관련이 없었다.

설화가 기어들어 가는 소리로 답했다.

"제가 잘못한 건가요?"

설화가 추위에 떠는 강아지처럼 처량한 눈으로 한빈을 바라봤다.

한빈에게 한 말 중 거짓은 없었다.

어릴 적 기억이라고 생각하고 본능적으로 돌을 놨다.

하지만 한빈의 질문을 받자 설화는 머리가 멍해졌다.

아무리 생각해도 흑천에서 이런 놀이를 했던 기억이 없었다.

그렇다면 어느 곳의 기억일까?

설화는 주변을 둘러봤다.

바위에 변화를 줬지만, 문이 열릴 기미가 없었다.

설화는 자신이 틀렸다고 생각하고 자책했다.

머릿속에 들어 있는 불분명한 상상 때문에 동료의 발목을 잡았다고 생각한 것이다.

당황한 설화의 모습을 본 한빈이 입가에 호선을 그렸다.

"아니다. 네 잘못이 아니다."

"저도 모르게 본능적으로 돌을 움직였어요. 죄송해요."

말을 마친 설화는 기가 잔뜩 죽은 표정으로 발바닥으로 땅을 쓸었다.

그때였다.

그들이 서 있던 주변이 움직이기 시작했다.

드르륵.

움직이는 것은 설화의 발밑뿐이 아니었다.

지축이 흔들리고 있었다.

흔들리는 지축에 청화와 소군이 한빈의 옆에 모였다.

지진은 순식간에 지나갔다.

마치 백령정의 시간이 멈춘 것만 같은 상황.

설화가 말했다.

"제, 제가 실수했나 봐요."

"아니다, 잘했다."

"제가 잘했다고요?"

"어떤 변화가 있는지 저 연못을 잘 봐라."

한빈이 연못을 가리켰다.

연못을 바라보던 설화는 고개를 갸웃했다.

한참을 바라보던 설화가 눈을 크게 떴다.

"물이 빠졌어요."

"그래, 물이 빠졌으니 이제 문이 보이겠지."

말을 마친 한빈이 천천히 연못으로 걸어갔다.

한빈은 지금 표정을 숨기고 있었다.

한빈이 설정하려고 했던 글자는 '북풍한설' 중 하나였다.

북풍한설은 삼백 년 전의 시인이자 병법가인 사도략의 시 중에 나오는 한 구절이다.

'북쪽에서 불어오는 한설이 중원 무인의 기상을 깨우는구나!'라는 구절로, 북해의 무공을 일컬을 때면 회자되는 글귀였다.

글귀가 나온 시는 삼백 년 전 북해에서 나온 걸출한 무인 덕분에 중원 무인들이 하나가 된 이야기를 배경으로 만들어졌다.

백독문과 이곳의 풍경은 모두 북해와 연관되어 있었다.

그러니 북풍한설이라는 글귀로 갈 수밖에 없었다.

하지만 문제가 있었다.

북풍한설은 네 글자.

바위 위에 그릴 수 있는 글자는 한 글자였다.

확률은 사분지 일이었다.

여기까지가 한빈이 지의 구결의 도움을 받아 유추해 낸 기관진식의 해법이었다.

그런데 설화는 아무 도움도 없이 단 한 번에 기관진식을 풀어냈다.

과연 어떻게 된 일일까.

한빈은 여춘수가 설화에게 한 말을 떠올렸다.

아무래도 단순한 호의가 아닌 듯싶었다.

한빈은 처음으로 설화의 출신에 대해서 호기심을 품었다.

천천히 걸어가던 한빈의 시야에 문이 나타났다.

문 옆에는 잉어가 헤엄치고 있었다.

한빈이 서 있는 공간과 잉어가 헤엄치고 있는 공간은 제법 멀리 떨어져 있었다.

그 공간을 이어 주고 있는 것은 여러 개의 동경이었다.

동경이 잉어의 모습을 반사해서 연못 위로 비춰 주고 있던 것이다.

덕분에 사람들이 봤을 때는 연못 안에 잉어가 헤엄치고 있는 것처럼 보였다.

문제는 백독문에서 사용한 동경의 가격이었다.

이번 기관진식에 사용한 동경은 최상품이었다.

동경 하나가 야명주 하나의 가격과 맞먹는다고 봐도 되었다.

"흠."

한빈이 턱을 어루만지자 설화가 물었다.

"왜 그러세요, 공자님?"

"저기 보이는 동경이 야명주 하나 가격이라면 믿겠느냐?"

"저게 그렇게 비싸다는 얘기죠? 그러면 지금 당장 챙길까요?"

설화가 소매를 걷어붙였다.

그러고는 가장 가까이 있는 동경이 있는 쪽으로 걸어갔다.

옆에 있던 소군이 걱정스러운 눈빛으로 설화의 소매를 잡았다.

"언니, 잠시만요. 공자님 말씀을 끝까지 들어 보시는 게 좋을 것 같아요."

"이곳의 전체에는 오밀조밀한 기관진식이 설치돼 있어. 아마 꾸물거리다가는 동경이 없어질지도……."

설화는 말을 맺지 못했다. 뒤쪽에서 느껴지는 시선 때문이었다.

고개를 돌려 보니 한빈이 황당하다는 듯 보고 있었다.

그 모습에 설화가 다급하게 물었다.

"공자님, 왜 그러세요?"

"내가 동경의 가격을 이야기한 것은 그걸 챙기자는 뜻으로 한 이야기가 아니다."

"저 비싼 걸 챙기지 않아도 된다고요?"

"지금 중요한 건 이렇게 비싼 동경과 물품으로 이곳을 막아 놨다는 점이지. 아무래도 백 문주가 빈말을 던진 게 아닌 듯싶구나."

"빈말이라니요?"

"목숨을 장담할 수 없다는 말 말이다."

"음."

"그래도 이곳에 들어갈 테냐?"

"공자님이 계시는데 무슨 걱정이에요."

설화가 씩 웃자 옆에 있던 청화가 말을 받았다.

"저도 마찬가지예요."

청화의 말에 소군은 조용히 고개를 끄덕인다.

"저도요……."

그들의 말에 한빈은 조용히 문으로 다가갔다.

문은 육중한 형태의 여닫이문이었다.

얼핏 보기에는 수백 근의 무쇠를 녹여 만든 듯 보였다.

문제는 문이 바닥 깊숙이 박혀 있다는 점이었다.

당겨도 꿈쩍도 하지 않을 것만 같았다.

옆에 있던 청화가 의미심장한 표정으로 물었다.

"공자님, 남아 있는 벽력탄이라도 가지고 올까요?"

"아니, 됐다."

한빈이 고개를 흔들었다.

사실 이 문을 열고 들어가는 방법은 간단했다.

진룡파혼검을 쓴다면 문을 아예 지워 버릴 수도 있었다.

하지만 문이 없어지고 나서 닥칠 일을 생각한다면 용린검
법의 초식이나 벽력탄을 사용할 수 없었다.

한빈의 제지에 청화가 풀이 죽었다.

청화가 가지고 있는 벽력탄은 사천당가에서 가져온 물건

이었다.

아마도 이번 기회를 통해서 자랑하고 싶었던 것이 분명하다.

한빈은 씩 웃으며 말을 이었다.

"네가 가지고 있는 벽력탄은 아끼는 게 좋을 것 같다."

말을 마친 한빈은 고개를 돌려 문 옆에 있는 기둥을 확인했다.

그 기둥에는 한빈이 던진 육각형의 자철석이 꽂혀 있었다.

한빈은 자철석과 문을 번갈아 봤다.

흔히 볼 수 있는 속임수였다.

한빈도 몇 번은 사용해 본 적이 있는 속임수.

한빈은 기둥에 박힌 육각형의 자철석을 돌렸다.

동시에 다시 땅이 흔들리기 시작했다.

설화가 재빨리 한 발 물러섰다.

"공자님, 무너질 것 같아요. 빨리 이쪽으로……."

설화는 말을 맺지 못했다.

드드득.

눈앞에 있던 육중한 문이 열리고 있었다.

다만, 안쪽이나 바깥쪽으로 열리는 것이 아니라 천천히 위로 올라가고 있었다.

문이 열리자 어두컴컴한 통로가 모습을 드러냈다.

이내 통로의 벽에서 하나씩 불이 켜진다.

문에서 가까운 장소부터 시작해서 말이다.

설화는 재빨리 한빈의 곁에 붙어 안쪽을 바라봤다.

안쪽 통로는 아직도 불이 천천히 켜지고 있었다.

여닫이문인 줄 알았는데 위쪽으로 올라가는 방식.

이런 방식의 기관은 전에도 본 적이 있었다.

하지만 문이 열리자 가까운 곳에서부터 저절로 불이 켜지는 장면은 처음이었다.

그 불은 마치 어딘가로 인도하고 있는 것 같았다.

이런 방식의 기관진식이라니.

설화는 잊지 않겠다는 듯 책을 꺼내 이번 진식에 대해서 기록했다.

한빈은 설화와 청화가 기관진식을 살필 동안 잠시 기다려 줬다.

눈 몇 번 깜빡일 시간이 지나자 한빈이 말했다.

"이제 들어가자. 이번 길은 청화가 앞장서거라."

"네, 공자님."

청화가 의기양양하게 입구로 들어갔다.

이곳에서 청화보다 안내를 잘할 사람은 없었다.

독을 알아채는 기감만 가지고 논하자면 청화가 한빈보다 한 수 위라고 할 수 있었다.

공독지체와 평범한 무인의 몸을 비교할 수는 없는 법이니.

이번 계획에 있어서는 청화의 감을 절대적으로 믿어야 했다.

한빈의 신뢰 어린 눈빛에 청화가 어깨를 폈다.

조금 전 풀이 죽어 있는 모습과는 정반대였다.

몇 걸음 걸어가던 청화가 뒤쪽을 돌아보며 의미심장한 목소리를 냈다.

"공자님, 아무리 생각해도 뭔가 이상해요."

"어떤 점이 이상하다는 거지?"

"문주 할아버지가 독기로 꽉 차 있다고 했잖아요. 그런데 어느 곳에서도 독기가 느껴지지 않아요. 이 정도면 긴장해야 할 이유가 전혀 없거든요. 그런데 바닥을 보면 분명히 정상적이지가 않아요."

말을 마친 청화가 바닥을 가리켰다.

청화의 행동에 모두가 고개를 갸웃했다.

그도 그럴 것이, 청화가 가리킨 바닥에는 불에 탄 듯 보이는 흔적들이 보였다.

분명히 상상도 할 수 없는 독기 때문에 녹아내린 흔적이었다.

입구뿐이 아니었다.

그 앞으로도 기괴한 광경이 펼쳐져 있었다.

청화의 표정이 더욱 굳었다.

독기가 느껴지지 않는 이 상황이 묘했기 때문이다.

백독문에 와서 독을 못 느낀 것은 이번이 처음이었다.

아무리 생각해도 이해가 되지 않았다.

독기를 막기 위해 봉인한 곳이 아니던가?

사실 이곳에서는 상상도 할 수 없는 독기가 느껴져야 정상이었다.

이런 상황이라면 굳이 이곳을 봉인할 이유 따위는 없었다.

한빈을 제외한 다른 이들은 둘이 정확히 무슨 말을 하는지를 모르는 듯 고개를 갸웃하기만 했다.

한빈은 청화의 말에 기감을 최대한으로 끌어올렸다.

백주천의 말에 의하면 이 통로에는 수많은 기관 장치가 설치되어 있다고 했다.

하지만 안쪽에서 폭발이 일어나면서 기관 장치는 모두 망가졌다고.

그런데 묘한 현상이 일어나고 있다는 것은, 이곳이 평범한 공간이 아니라는 이야기였다.

한빈은 더욱 심각한 표정을 지었다.

옆에 있던 설화가 같이 심각한 표정을 하며 물었다.

"공자님, 혹시 무슨 일이에요?"

"아무리 살펴봐도 위협이 될 만한 점이 보이지 않아. 지금부터는 조심해야 할 것 같다."

"위험 요소가 없으면 더 좋은 거 아니에요?"

"백 문주도 두려워서 못 들어온 곳이다. 수월하지는 않을 거야."

"폭풍 전야라는 말씀이신 거죠?"

"그래, 그렇게 생각하는 것이 좋겠구나."

말을 마친 한빈은 눈을 감고 후각에 집중했다.

한빈은 오감을 모두 사용해서 함정을 확인하고 싶었다.

살짝 코를 들썩인 한빈이 고개를 저었다.

어디에서도 수상한 냄새가 나지 않았다.

강호 제일의 후각을 가지고 있는 한빈이었다.

한빈의 후각에 잡히지 않는 위험은 없다고 봐도 되었다.

그런데도 위험 요소를 발견 못 했다고?

거기에 더해 가장 믿고 있었던 청화의 능력도 무용지물이 될지도 몰랐다.

한빈의 표정을 본 모두가 입을 굳게 닫았다.

그중 가장 심각한 표정을 한 것은 청화였다.

"공자님, 제 능력이 쓸모없는 건가요?"

"아니다. 조금이라도 낌새가 이상하면 말해 주거라. 네가 위험하다고 판단을 내리면 지체 없이 이곳을 빠져나갈 생각이니까."

이건 진심이었다.

실제로 백독 비고 안에서 위기가 닥치면 방패가 될 자는 청화였다.

한빈의 표정을 본 청화가 가슴을 팡팡 쳤다.

"저만 믿으세요, 공자님."

그 옆에 있던 설화는 어깨에 멘 보따리를 만졌다.

그 보따리에는 독기를 막아 줄 피독주와 피독의가 들어 있었다.

"그래, 너만 믿으마."

"그럼 출발해도 될까요?"

청화가 초롱초롱한 눈으로 바라봤다.

다시 한번 확인하는 모습이 꽤 신중해 보였다.

청화도 이제는 한빈과 성격이 비슷해졌다.

어떤 문제가 닥치면 항상 의심하고 또 의심하는 습관이 생겼다.

한빈이 웃으며 손짓했다.

앞으로 나가도 된다는 신호였다.

청화가 어깨를 활짝 펴고 천천히 앞으로 나갔다.

한빈은 청화의 뒤를 따르며 기감을 최대한 끌어올렸다.

얼마나 갔을까.

한빈은 주위를 살피며 손을 들었다.

꽉 쥔 한빈의 주먹을 본 설화는 청화에게 신호를 보냈다.

지금 한빈의 신호는 멈추라는 신호였다.

한빈은 백주천이 준 지도를 꺼내 대략적인 위치를 확인했
다.

실험실까지 가는 통로는 그리 길지 않았다.

지도와 현재 위치를 비교해 보니 백주천이 말한 실험실에
거의 도착한 것 같았다.

한빈은 슬쩍 뒤를 돌아봤다.

그러고는 고개를 갸웃했다.

통로의 중간 지점부터 미세한 기척을 느꼈다.

하지만 주변에는 아무도 존재하지 않았다.

마치 누군가 몰래 지켜보는 것만 같았다.

한빈은 슬쩍 한 곳을 집중했다.

이번에도 기척은 흔적도 없이 사라졌다.

그때였다.

한빈이 눈을 크게 떴다.

벽이 살짝 흔들렸기 때문이었다.

물론 다른 변화는 없었다.

기척을 느꼈는데 살짝 흔적만 남기고 그 자리에는 아무도
보이지 않는 상황.

그때 설화가 다시 물었다.

"공자님, 왜 그러세요?"

"미행당하는 느낌이 들어서 그러지."

"공자님의 눈을 속일 수 있는 사람이 있을까요?"

"흠."

한빈이 턱을 어루만졌다.

설화가 한 말이 맞았다. 한빈의 오감을 속일 수 있는 사람은 중원에 없었다.

이쯤 되자 사람이 아니라는 생각이 들기도 했다.

한빈이 다시 신호를 보냈다.

그 신호에 맞춰 설화와 청화가 횃불에 불을 붙였다.

대낮처럼 밝은 통로에서 횃불을 들고 다니는 것이 이상할 수도 있지만, 모든 것이 만일을 위한 대비였다.

한빈은 이런 함정들을 수없이 마주했다.

어두운 통로에 불을 환하게 밝혀 놓으면 대부분의 사람들은 안심하고 그곳을 지나가게 마련이다.

하지만 통로 깊숙이 들어왔을 때 불이 꺼진다면?

그때를 맞춰 적이 기습을 해 온다면?

미지의 영역에 발을 들일 때는 모든 것이 적이 파 놓은 함정이라고 생각하는 것이 좋았다.

한빈은 조용히 걸음을 옮겼다.

물론 긴장의 끈을 놓지 않고 있었다.

지금도 정체불명의 기척이 나타났다 사라졌다를 반복하고 있었기 때문이다.

기척은 정해진 방향이 아니라 천장과 바닥 그리고 벽면 등

불규칙적으로 나타나고 있었다.

얼마나 들어갔을까?

한빈의 눈앞에 커다란 공간이 나타났다.

이곳의 광경은 더욱 끔찍했다.

벽면의 여기저기에는 누런 액체가 흘러내리고 있었다.

살짝 숨을 들이켜던 한빈이 눈을 가늘게 떴다.

"다들 피독주를 사용하거라."

한빈의 말에 설화와 소군이 피독주를 입에 물었다.

그러고는 재빨리 피독의로 얼굴을 감쌌다.

청화를 제외하고는 눈만 밖으로 내놓은 상태.

설화가 눈을 꿈뻑이며 물었다.

"독은 없다고 하셨잖아요?"

"독은 없지만, 저 액체는 상당히 위험한 물건으로 보이는구나."

"저 액체가요?"

설화가 벽에서 흘러내리는 누런 액체를 가리켰다.

그 모습에 한빈이 말을 이었다.

"저 정도면 무쇠도 녹일 수 있을 거야."

"무쇠도 녹인다고요?"

"아마도……."

한빈이 맡은 것은 시큼한 향이었다.

코의 점막을 뚫을 것 같은 냄새를 생각하면 저것은 보통의 액체가 아니었다.

한빈이 말을 이었다.

"일단은 벽 근처로는 가지 말거라. 청화도 마찬가지다."

"저도요?"

"공독지체이지 도검불침은 아니지 않느냐?"

"그건 그렇지만……."

"살아남는 자가 강한 것이라는 강호 속담을 항상 명심하자!"

"네, 공자님."

"네!"

설화가 기분 좋은지 빙그레 웃었다.

조금은 딱딱했지만, 한빈의 진심을 느꼈기 때문이다.

한빈이 주변을 둘러보며 나지막이 외쳤다.

"그래, 지금부터 수상하게 보이는 물건을 찾는다!"

묘한 상황이었지만 이곳에 온 목적을 잊어서는 안 되었다.

백경에서 찾는 물건이 무엇인지 알아내는 것이 첫 번째고, 그 물건을 손에 넣는 것이 두 번째 일이었다.

말을 마친 한빈이 의미심장한 웃음을 지었다.

그 모습에 설화의 눈이 커졌다.

보통 한빈이 이렇게 웃고 난 뒤에는 항상 상상도 못 할 위험이 뒤따랐기 때문이다.

설화가 조심스럽게 물었다.

"아까는 위험하다고 조심하라고 하셨잖아요. 왜 그렇게 웃으시는 거예요?"

"위험하면 그만큼 대가가 커진다는 강호 속담이 있지 않느냐? 아무래도 상상도 못 할 보물이 기다리는 것 같구나."

"아."

설화는 할 말을 잃었다.

겁을 잔뜩 준 사람이 할 말은 아니었다.

그것도 잠시, 한빈의 손짓에 설화는 수색할 준비를 갖추기 시작했다.

그들이 공간을 수색하기 위해 준비하고 있을 때였다.

갑자기 굉음이 울려 왔다.

쿠아앙!

마치 벽력탄이 터진 것만 같은 소리에 모두가 고개를 돌렸다.

*

같은 시각 백독 비고의 입구.

입구의 주위는 적막이 감돌았다.

그 적막을 깬 것은 다섯 개의 하얀 그림자였다.

입구에서 숨을 죽이며 지켜보던 초아 일행이었다.

초아를 비롯한 나머지 백경의 무사들은 가면도 벗어 던진 채 의미심장한 표정으로 입구를 바라보고 있었다.

그중 조장인 초아의 표정은 어느 때보다 비장했다.

그녀는 주변을 둘러보다가 인상을 썼다.

그러고는 머리가 아픈지 인상을 쓰며 관자놀이를 지그시 눌렀다.

이것은 두 가지 금제의 충돌 때문이었다.

초아는 이 문제를 빨리 해결하지 않으면 머리가 터질 수도 있다고 판단했다.

그런 초아를 보는 그녀의 수하들도 표정이 안 좋기는 마찬가지였다.

초아가 잘못되면 끈 떨어진 연이 되는 상황.

모두가 하나 되어 비장한 표정을 짓고 있을 때, 초아가 손짓했다.

"들어가자."

"존명."

나머지 무사들이 포권한 뒤 그녀의 뒤를 따랐다.

입구에는 환하게 불이 켜져 있었으며, 먼저 들어간 한빈 일행의 발자국도 고스란히 남아 있었다.

초아가 보기에 한빈 일행을 추적하는 것은 그리 어렵지 않았다.

초아 일행이 문에서 다섯 걸음 정도 멀어졌을 때였다.

갑자기 위쪽에서 물방울이 뚝 하고 떨어졌다.

초아는 머리 위로 떨어지는 물방울을 본능적으로 피했다.

휙.

초아가 서 있던 자리에 물방울이 떨어졌다.

순간 바닥에서 그을음이 일어났다.

지지직.

초아는 수하들을 뒤로 물렸다.

그때였다.

위쪽에서 소나기처럼 물방울이 떨어지기 시작했다.

투두둑.

사람이 소나기를 피할 수는 없는 법.

그들은 위쪽에서 떨어지는 액체를 완벽하게 피하지 못했다.

툭.

소매에 액체가 닿자 바로 구멍이 뚫렸다.

액체는 누런색의 방울이었다.

투두둑.

누런 소나기가 끊임없이 떨어졌다.

마치 돌아가지 말라는 듯 뒤쪽에서부터 촘촘하게 떨어졌다.

그녀의 뒤쪽에서 비명이 울려 퍼졌다.

"악!"

뒤쪽에서 수하 중 하나가 어깨를 부여잡고 휘청이고 있었다.

초아가 날듯이 수하를 낚아챘다.

휘잉.

위쪽에서 바람이 불어오더니 커다란 물방울이 떨어졌다.

물방울이 바닥에 부딪히자 돼지 오줌보 터지는 소리를 냈다.

팍!

수하가 있던 자리에 누런 조그만 방울 수십 개가 주변으로 퍼졌다.

작은 방울이 닿은 물건들은 묘한 소리를 내며 타들어 갔다.

치지직.

위쪽에서 떨어지는 것은 강호에서는 거의 볼 수 없는 산성비가 분명했다.

이어서 소나기처럼 물방울이 바닥에 꽂혔다.

투두둑.

상황은 한마디로 아비규환.

초아가 흩어진 수하들을 향해 외쳤다.

"일단 모두 통로 밖으로 빠져나간다!"

모두가 날듯이 출입문을 향해 달려갔다.

다섯 걸음.

네 걸음…….

초아가 막 출입문 가까이 도착했을 때였다.

갑자기 검은 장막이 드리워졌다.

초아의 착각이었다. 그것은 장막이 아니라 육중한 문이 내려오는 광경이었다.

눈 깜짝할 사이 육중한 문이 그들을 세상과 단절시켰다.

쿵.

기다렸다는 듯 문이 닫히자, 모두는 망연자실 제자리에 섰다.

다행인 것은 아직 불이 켜져 있다는 점과 위쪽에서 산성비가 더는 내려오지 않는다는 점이었다.

초아가 주변을 둘러볼 때, 그녀의 수하 중 하나인 자청이 물었다.

"조장, 어떻게 할까요?"

"……."

초아는 고통스러운 듯 얼굴을 찌푸렸다.

그녀의 수하들은 안타깝다는 표정으로 초아를 바라보고 있었다.

초아는 겨우 표정을 수습하고 계획을 되짚었다.

중요한 것은 그녀의 머릿속에 걸려 있는 금제였다.

사실 그녀는 혼란한 틈을 타서 붉은 무복의 사내, 즉 한빈을 사로잡아서 자신에게 한 금제를 풀게 할 생각이었다.

두 가지의 금제가 충돌하지 않았다면, 이렇게 급하게 들어오지는 않았을 것이다.

이곳에서 얻어야 할 보물은 두 번째 문제였다.

초아가 결심한 듯 이를 악물었다.

"최대한 발자국을 따라간다. 어떤 일이 있어도 저 발자국에서 벗어나서는 안 된다."

"전하겠습니다."

자청이 나머지 인원에게 초아의 당부를 전했다.

부상자는 총 두 명.

하나는 다리.

하나는 어깨에 상처를 입었다.

초아가 앞장서자 뒤쪽에 있던 둘이 동료를 부축하며 뒤를 따랐다.

천천히 발자국을 따라가고 있을 때였다.

갑자기 뒤쪽에서 불길한 소음이 들려왔다.

쏴악!

빗방울이 떨어지는 소리가 아닌 홍수가 나서 물이 밀려오는 듯한 소리였다.

초아는 재빨리 안력을 돋궜다.

뒤쪽으로 누런 물이 시큼한 냄새를 풍기며 밀려들어 오고 있었다.

쏴악!

소리가 점점 다가오고 있다.

기관진식을 해체할 여유 따위는 없었다.

저 물에 휩쓸리는 순간 해골만 남을 것이 분명했다.

"전력을 다해서 이곳을 벗어난다!"

그 말에 모두가 진기를 발바닥으로 모았다.

다리에 상처를 입은 수하마저도 마지막 힘을 쏟아부었다.

떠오르는 글귀는 하나.

회광반조(回光返照)!

빛을 돌이켜 거꾸로 비춘다는 뜻으로, 사람이 죽기 직전 잠시 온전한 정신으로 돌아옴을 뜻하는 말이었다.

그들은 죽기 직전, 그 어느 때보다 빨리 달리고 있었다.

쏴악!

그들이 있던 자리를 누런색 물이 휩쓸고 지나갔다.

치지직.

누런색 물은 지글거리며 벽면까지 태웠다.

다급히 자리를 피하던 생쥐들이 누런색 물에 횡액을 당하기도 했다.

그 생쥐들은 뼈도 남지 않았다.

누런색 액체가 뼈까지 다 녹여 버린 것이다.

그 액체는 산성액이 분명했다.

같은 시각, 한빈 일행은 조심스럽게 상황을 주시했다.

별다른 변화는 없었지만, 벽면에 흐르는 액체의 양이 점점 늘어났다.

한빈뿐 아니라 설화와 청화도 그 냄새를 느낄 수 있을 정도였다.

청화도 미간을 좁히며 주변을 경계했다.

주변의 변화를 감지한 한빈이 머리를 맹렬히 굴렸다.

지의 구결이 급속도로 줄어들고 있다.

현 상황을 유추하던 한빈의 눈이 커졌다.

한빈은 전생에 봤던 모든 기록을 떠올렸다.

그 기억을 현생의 기억에 보충했다.

벽면에 흐르는 액체는 짐승의 위액과 많이 닮아 있었다.

그렇다면 산성을 띤 액체, 즉 산성액이라고 불러야 적당한 것 같았다.

눈을 가늘게 뜬 한빈은 한 가지 가능성을 떠올렸다.

말도 안 되는 것 같지만, 이곳이 어떤 영물의 위 속일 수도 있다는 가능성이었다.

그렇게 큰 영물이 존재할까?

옛 서적에 의하면 그런 영물은 딱 하나였다.

태산지룡(太山地龍)!

지룡이란 지렁이를 일컫는다.

이무기가 용이 되어 승천하듯이, 지렁이도 수천 년을 살아온 놈은 영물이 되어 태산을 삼킬 정도의 크기가 된다고 한다.

혹자는 무인이 신검합일을 이루듯 지룡과 산이 하나가 되어 존재한다고 말하기도 했다.

세인들은 태산지룡의 존재를 전설에서나 나오는 이야기로 치부했다.

그도 그럴 것이, 수천 년을 산 지렁이가 어떻게 존재할 수 있다는 말인가?

영물이라도 수천 년 동안 살아남으려면 신선의 반열에 올라야 가능한 일이었다.

물론 수천 년이 아니라도 가능한 방법이 있다.

그것은 수천 년간 섭취해야 할 양분을 일시에 빨아들였을 경우다.

그 양분이 독기라면?

평범한 지룡이 아니라 독룡이라 불러야 할 것이다.

그렇다면?

한빈이 눈을 빛냈다.

그는 청화를 바라봤다.

청화는 분명히 이곳에서 독기를 못 느꼈다고 했다.

태산지룡이 독기를 다 빨아들였으니 아무것도 남아 있지 않는 것이 당연하다.

거기에 무작위로 느껴지는 기척은 태산지룡이 보내는 신호일 수도 있었다.

이곳이 태산지룡의 배 속이라면 모든 것이 설명된다.

전생에도 태산지룡을 본 적은 없었다.

하지만 한빈은 전생에는 못 봤던 수많은 영물을 현생에서 마주하고 있었다.

태산지룡을 마주한다고 해도 전혀 이상하지 않았다.

벽면에 흐르는 액체를 살피던 한빈은 자신의 배를 만져 봤다.

정확히는 위였다.

저것이 위액이라면?

한마디로 먹잇감이 된 것이나 마찬가지였다.

그때 청화가 옆으로 다가왔다.

"공자님, 표정이 왜 그래요?"

"비밀이다."

한빈이 아무렇지 않게 웃었다.

아직까지 정확하게 밝혀진 사실은 없었다.

이곳에 태산지룡의 배 속이라고 미리 말할 필요는 없었다.

그때였다.

멀리서 기척이 느껴졌다.

그 기척에 청화가 앞으로 나섰다.

뒤쪽에 있던 한빈은 고개를 갸웃했다.

지금 느껴지는 기척은 영물의 것이 아니었다.

무림 고수의 기척, 그것도 백경의 초아라는 아이의 기척이었다.

한빈은 그들이 입구에서 기다릴 것이라고 예상하였다.

이곳에 들어와 봤자 이득이 없기 때문이다.

백경이 찾는 물건이 있다고 해도, 입구에서 습격하면 그만이었다.

근묵자흑의 영향으로 공격은 못 하겠지만.

이곳까지 달려올 아무런 이유가 없었다.

그런데 기척도 숨기지 않고 달려오다니?

멀리 떨어져 있지만, 한빈이 심어 놓은 근묵자흑의 금제 덕분에 초아라는 아이의 감정을 대충이나마 느낄 수 있었다.

초조.

불안.

무슨 개작두를 앞에 둔 죄수처럼 혼란스러워하고 있었다.

누가 봐도 무언가에 쫓기고 있는 모양새였다.

무엇일까?

사실 무엇인지는 중요하지 않았다.

중요한 것은 이곳에서 변화가 일어나고 있다는 점이었다.

변화는 항상 긍정적인 면과 부정적인 측면을 한 번에 만들어 낸다.

한빈은 머릿속에 긍정적인 면을 떠올리고 있었다.

이런 변화에 숨었던 보물이 모습을 드러낼 것이라고 생각했다.

한빈의 변화무쌍한 표정을 본 청화가 고개를 갸웃했다.

그 모습에 한빈이 말을 이었다.

"아무래도 재미있는 일이 벌어질 것 같구나."

"어떤 재미있는 일이요?"

"저 멀리서 손님이 오는구나. 그리고 손님은 선물을 달고 오고……."

"선물이요? 혹시 간식 같은 건가요?"

고개를 갸웃하던 청화가 눈을 빛냈다.

상대의 기척을 청화도 느낀 것이다.

상대에게 호의가 없음을 깨달은 청화가 눈을 가늘게 떴다.

이윽고 청화가 자신의 가슴을 팍팍 쳤다.

"저만 믿으세요, 공자님."

청화가 한 발 나서자 한빈이 손을 뻗었다.

앞으로 한 발 나간 한빈이 청화를 뒤로 물렸다.

"내가 앞을 맡으마."

"그래도 이곳에서는 제 능력이……."

"지금 달려오는 것은 무인이다. 물론 아군인지 적군인지는 모르지만 말이다."

"헉, 누군데요?"

고개를 갸웃하던 청화가 눈을 크게 떴다.

더는 질문을 던질 필요가 없었다.

희미하지만 신형을 보았기 때문이다.

저 멀리서 누군가가 달려오고 있었다.

청화가 의문을 피워 낼 때, 한빈은 재빨리 주변을 살폈다.

초아 일행의 뒤쪽에서 밀려오는 누런색의 물을 보았기 때문이다.

모든 것을 녹여 버릴 것 같은 기세로 초아의 일행을 쫓고 있는 정체불명의 액체.

한빈은 그것이 무력으로 막을 수 없는 것임을 알았다.

강호 속담에 자연보다 강한 무인은 없다고 했다.

태풍을 막을 수 있는 무인도.

홍수를 막을 수 있는 무인도 없었다.

자연의 힘 앞에서는 삼류 무사나 화경의 고수나 모두 똑같은 인간일 뿐이다.

지금 밀려들어 오는 누런 액체, 즉 산성액의 흐름은 강물과도 같았다.

어떤 무인이 흘러들어 오는 강물을 막을 수 있을까?

그때 설화가 다급하게 보따리를 뒤졌다.

"제, 제가 막아 볼게요."

"아뇨, 일단 내가 막아 볼게요. 언니."

청화가 손을 뻗었다.

순간 청화의 손에서 투명한 기운이 줄기줄기 뻗어 나왔다.

청화의 독장이 앞쪽 공간을 막았다.

공독지체가 독으로 공간을 장악하는 방법이었다.

청화가 독기를 소모하기 전까지는 완벽하게 버틸 수 있는 수단이었다.

일행을 위해서 내린 청화의 판단.

청화가 비장한 표정을 지으며 전방을 바라보고 있을 때, 한빈이 어깨를 토닥였다.

"이제 풀어도 된다."

"지금 독장을 풀라고요? 저걸 막을 수 있는 건 제 독장밖에는 없어요."

"그래, 풀어도 된다. 힘은 아껴서 나중에 쓰자꾸나."

한빈의 웃음에 청화가 펼쳤던 독장을 거둬들였다.

그때 마침 초아 일행이 한빈이 있는 공간 안으로 들어왔다.

타다닥.

어찌나 급했는지 안에 한빈 일행이 있는 것도 모른 채 안으로 들어와서 휘청이더니 한 번 굴렀다.

데구루루.

이제 누런 산성액이 코앞까지 닥쳐왔다.

청화가 다시 손을 뻗으려고 하자 한빈이 고개를 저었다.

"됐다고 해도."

"공자님, 혹시 저 홍수를 막을 방법이 있어요?"

"저걸 무인이 어떻게 막겠느냐?"

"그럼 어떻게 하시려고요?"

"사람의 힘으로는 못 막아도 둑은 저 물길을 막을 수 있지."

말을 마친 한빈이 문 옆 기둥에 가려져 있던 천을 치웠다.

그러고는 기둥 중 한 곳을 주먹으로 쳤다.

제법 강한 기운이 담긴 일격이었다.

퍽!

순간 위쪽에서 무쇳덩이가 떨어졌다.

한빈이 재빨리 청화를 끌고 뒤로 물러났다.

쾅!

한빈이 있던 자리에 무쇳덩이가 내려앉았다.

옆에서 보고 있던 설화가 한숨을 내쉬었다.

"휴…… 다행이다."

"언니."

"너 지금 죽을 뻔했다. 만약에 계속 독장을 펼치고 있었다면 저기에 깔렸을 거야."

설화가 무쇳덩이를 가리켰다.

그 무쇳덩이는 아마도 이곳을 단속하는 문인 듯싶었다.

청화도 설화의 말뜻이 뭔지를 알았다.

위쪽에 있던 무쇠 문을 지탱하는 것은 오밀조밀한 기관 장치가 분명했다.

그런데 산성액이 기관 장치를 녹여 버린다면?

아마도 기관 장치를 발동시키지 않아도 무쇠 문은 내려앉았을 것이다.

설화와 청화가 서로를 바라보며 안도의 한숨을 내쉬고 있을 때, 소군이 둘의 소매를 잡아끌었다.

"언니들."

"왜, 소군아?"

"저기 있는 언니들은 누구예요?"

소군이 어딘가를 가리켰다.

설화의 시선이 소군의 손가락을 따라 천천히 이동했다.

소군이 가리킨 것은 초아의 일행이었다.

시선이 마주친 초아 일행은 눈을 크게 뜬 채 아무 말도 못하고 있었다.

잠시 어색한 침묵이 설화와 초아 사이에 맴돌았다.

그때 손뼉 소리가 방 안에 울려 퍼졌다.

짝짝!

그 소리에 모두가 고개를 돌렸다.

그곳에서는 한빈이 진득한 미소를 피워 내고 있었다.

모두는 그 미소의 의미가 궁금했다.

하지만 그것을 물어볼 수 있는 자는 없었다.

설화는 그냥 한빈을 믿고 있었고 초아는 그 미소가 불안하기만 했다.

한빈이 천천히 초아의 앞으로 걸어갔다.

초아는 생선을 훔쳐 먹으려다가 걸린 고양이처럼 살짝 시선을 피했다.

초아의 앞으로 간 한빈이 아무렇지 않게 쪼그려 앉았다.

"여긴 왜 오셨는가?"

"……."

초아가 아무 말 없이 다시 시선을 피하자, 한빈이 다시 물었다.

"혹시 금제 때문에 온 거야?"

"음."

초아가 대답 대신 침음을 삼키자 한빈이 다시 말을 이었다.

"날 위해서 해 줘야 할 일이 있어."

한빈이 눈을 가늘게 뜨자 초아가 눈을 크게 떴다.

"나, 나를 어찌하려고 그러는…….."

"어쩌긴 어째, 그냥 나는 대답만 들으면 돼."

"대답이라니, 그게 무슨 말이냐?"

"내게 백경이 찾는 보물의 정체를 말해 주면 돼."

한빈의 말에 초아의 표정이 눈에 띄게 어두워졌다.

동시에 초아의 관자놀이 부근이 꿈틀했다.

초아의 모습을 본 한빈이 말했다.

"금제에 걸려 있군. 내가 건 것뿐이 아니라, 백경에서 건 금제도 걸려 있어."

"후."

초아는 내기를 진정시키기 위해 심호흡을 했다.

몇 번 심호흡하자 초아의 혈색이 본래대로 돌아왔다.

한빈은 연신 깊은 호흡을 내뱉는 초아의 안색을 살폈다.

본래대로라면 근묵자흑의 수법 하나로 초아를 포섭하려고 했다.

하지만 근묵자흑보다 먼저 머릿속에 자리 잡은 금제가 있기에 그것은 불가능했다.

그렇다면 근묵자흑 말고 다른 방법이 필요했다.

한빈은 초아의 상태를 말없이 살폈다.

관자놀이에서 백회혈을 잇는 혈맥이 꿈틀대는 것으로 보아, 저곳에 금제의 원인이 자리 잡은 것 같았다.

한빈은 아무렇지 않게 말을 이었다.

"어쩐지 내기가 불안정하다 했지."

"그건 당신이 알 것 없어. 앗! 머리가…….."

초아가 말을 맺지 못하고 입을 벌렸다.

성질을 내자 두 가지의 금제가 다시 충돌한 것이다.

그 원인은 아주 간단했다.

근묵자흑의 금제는 한빈을 따를 것을 명하고 있고, 백경의 금제는 백을 따르도록 제약을 걸고 있었다.

백경의 비밀을 토설하려 하면 백의 금제가 발동하고, 한빈에게 적의를 품으면 근묵자흑이 영향을 준다.

한마디로 진퇴양난.

지금 상황에서 초아의 대답을 듣기는 힘들었다.

한빈이 다시 말을 이었다.

"내가 도와줄까?"

"네 도움 따위는 필요 없다."

금제를 풀어야 한다는 절실함도 있었지만, 금제를 심어 놓은 한빈에 대한 증오도 함께 있었다.

입 밖으로 나온 것은 그중 증오였다.

절실한 감정은 결코 들키고 싶지 않았다. 마지막 남은 자존심이니까.

한빈을 매섭게 쏘아보던 초아가 머리를 감싸 쥐었다.

두 가지의 금제가 다시 충돌한 것이다.

"뭐, 내 도움이 필요 없다고 하니 이만 물러나지."

"네놈이……."

초아가 다시 한빈을 매섭게 쏘아봤다.

그 모습에 한빈은 마치 자신과는 상관없다는 듯 조용히 상황을 구경하기만 했다.

아무렇지 않은 것처럼 보여도 한빈은 지금 원인을 찾고 있었다.

초아에게 걸린 금제의 원인은 분명히 혈고가 맞았다.

하지만 어떤 종류인지는 분간이 되지 않았다.

종류를 모른다면 치료 방법도 정할 수 없었다.

그때였다.

설화가 다급하게 외쳤다.

"공자님, 여기 보세요!"

"이쪽이 더 급해요!"

청화의 목소리도 같이 들려왔다.

한빈은 재빨리 고개를 돌렸다.

막힌 문틈으로 산성액이 마구 흘러들어 오고 있었다.

스스슥.

이대로면 한빈이 있는 공간도 산성액에 잠길 터.

주변을 살피던 한빈이 위쪽으로 뛰어올랐다.

'일촉즉발.'

한빈은 오른손에 쥔 월아로 푸른 강기를 피워 냈다.

천장까지 솟구친 한빈이 월아를 횡으로 그었다.

서걱!

순간 위쪽을 지탱하고 있던 돌이 무너져 내렸다.

와르르.

천장에서 돌덩이들이 비 오듯 쏟아졌다.

투두둑.

무너진 돌덩이가 바닥에 스며드는 산성액을 막았다.

설화와 청화가 동시에 안도의 한숨을 내쉬었다.

"휴."

"이제 살았어요."

둘이 가슴을 쓸어내리고 있을 때, 소군의 떨리는 목소리가 들려왔다.

"어, 언니들, 저기를 보세요."

"어디?"

고개를 돌린 설화가 눈을 크게 떴다.

소군이 가리킨 곳은 벽면이었다.

벽면에서는 산성액이 조금씩 흘러내리고 있었다.

심지어 그 흘러내리던 산성액의 양은 점점 늘어나고 있었다.

설화와 청화가 한빈의 곁으로 모였다.

초아를 비롯한 백경의 무사들도 한곳으로 모여들었다.

그들이 모여 있는 곳은 실험실로 쓰던 방 중에서 가장 높은 곳으로, 마치 제단처럼 만들어져 있었다.

한빈은 제단을 만져 봤다.

잿빛이 도는 것이, 꽤 심한 한기를 피워 내고 있었다.

잿빛의 한기가 나는 쇠라면 묵철이 분명할 터.

하지만 본래 묵철이 내는 것보다 더 많은 한기를 품고 있었다.

묵철로 된 제단을 만지던 한빈이 설화에게 눈짓했다.

설화가 청화와 소군의 손을 잡고 뒤쪽으로 물러났다.

그 모습을 보고 있던 초아 일행도 본능적으로 뒷걸음쳤다.

한빈은 다시 월아를 뽑았다.

스릉.

그러고는 조용히 초식 하나를 떠올렸다.

'진룡파혼검.'

용린의 힘을 담아 적의 혼까지 날려 버리는 수법이다.

정확히 말하면 공간을 아예 삭제해 버리는 초식이었다.

이제까지 설화나 적혈맹호대를 제외한 이에게는 보여 준 적이 없는 초식이었다.

초식을 떠올리자 한빈의 온몸에 푸른 진기가 휘돌기 시작했다.

푸른 진기가 한빈의 양팔을 통해 월아의 검신에 흘러들어 갔다.

스스슥.

진기의 움직임이 주변인들에게 보일 정도.

옆에서 보고 있던 초아와 다른 무사들이 기겁할 정도였다.

무지막지한 힘도 힘이지만, 문제는 강호의 무공과 궤를 달리한다는 점이었다.

초아가 보기에 한빈의 무공은 백경의 무공과 닮아 있었다.

모두가 놀라고 있을 때, 한빈이 월아를 서서히 움직였다.

순간 뒤쪽에 있던 이들이 고개를 갸웃했다.

월아가 향한 곳은 묵철로 된 제단이 아니었다.

바로 한빈의 머리 위였다.

팡!

놀람도 잠시, 기파가 주변으로 퍼졌다.

파바박.

모두의 머리카락이 사방으로 흩날렸다.

동시에 위쪽에서 돌 부스러기가 떨어졌다.

투두둑.

그 광경을 지켜보던 초아는 눈을 크게 떴다.

말은 태산이라도 날려 버릴 것 같다고 하지만, 실제로 본 적은 없었다.

백경에서도 마찬가지였다.

물론 이 무공을 실전에서 사용할 수 없다는 것도 알고 있었다.

내공을 끌어모으는 준비 동작이 너무도 긴 탓이다.

거기에 더해 저런 초식은 단발성 수법일 확률이 높았다.

한 번에 자신의 모든 것을 쏟아부어서 결과를 만들어 내고 뒷일은 생각하지 않는 초식 말이다.

초아는 자신도 모르게 천천히 고개를 들었다.

경천동지할 초식이 만들어 낸 결과물이 궁금했던 것.

"뭐지?"

초아는 자신도 모르게 혼잣말을 내뱉었다.

아무리 봐도 변화가 없었기 때문이다.

그때였다.

한빈의 목소리가 울려 퍼졌다.

"피해!"

설화와 청화가 소군을 데리고 펄쩍 뛰었다.

타다닥.

그 뒤를 초아 일행이 뒤따랐다.

모두가 몇 걸음 물러서자 위쪽 천장이 떨어져 내렸다.

바닥에는 네모난 공간 하나가 더 만들어졌다.

대충 성인의 걸음으로 가로세로 다섯 걸음 정도 될 법한 공간이었다.

더욱 놀라운 것은 공간이 통째로 삭제된 것처럼 보인다는 점이다.

거대한 기파가 천장을 때렸음에도 천장은 무너지지 않았다.

그냥 그대로 유지된 채 버티고 있었다.

어찌 보면 이것은 쾌검의 원리와도 비슷하다고 봐야 했다.

대나무를 빠르게 베면 미동도 하지 않은 채 윗부분이 그대로 남아 있지 않은가?

한빈의 초식도 주변을 그대로 남기고 베고 싶은 공간만 삭제했다.

문제는 이번 초식으로 드러난 공간이 적어도 열두 걸음 정도는 되는데, 허공을 드러내지 않고 있다는 점이다.

초아는 한빈의 행동이 이해되지 않았다.

그 정도의 높이로 천장을 파 봤자 이곳을 탈출할 수는 없었다.

천장을 파서 대체 무엇에 쓴단 말인가?

초아는 몰아치는 호기심에 자신도 모르게 힐끔 설화를 바라봤다.

그런데 그 표정이 묘했다.

설화는 마치 아무 일도 없다는 듯 입맛을 다시고 있었다.

손에 당과까지 들고 있는 모습이 눈앞에 닥친 위기는 없다는 듯 행동하고 있었다.

한빈은 주변의 시선에도 아무렇지 않게 깊게 뚫린 천장을 바라봤다.

역시 한계가 있긴 했다.

진룡파혼검은 절대적 힘으로 모든 것을 파괴하는 초식은 아니었다.

한빈이 감당할 수 있는 힘만큼을 뽑아 쓰도록 하는 초식이었다.

감당하지 못할 만큼의 힘을 쓴다면 초식을 전개하는 한빈의 몸도 성치 못할 것이 분명했다.

물론 이것은 용린검법이 한빈에게 내린 제약이자 선물이었다.

그런 이유로 진룡파혼검은 한빈과 함께 점점 강해지고 있었다.

사실 원래 이 정도의 위력은 아니었다.

진룡파혼검은 심화편 중 심(心)의 구결 열 개를 사용하는 초식.

구결 열 개를 사용한다는 것은 똑같지만, 위력은 전보다 몇 배 늘어나 있는 상태였다.

게다가 지금은 기본편이 실력편을 거쳐 심화편으로 발전하면서 공력은 소모조차 하지 않고 있었다.

중요한 것은 지금 심화편의 구결의 한계가 백 개라는 점이었다.

지금 사용한 심의 구결은 모두 열 개.

한빈은 아직 진룡파혼검을 펼칠 수 있는 여력이 남아 있었다.

물론 전제 조건은 있었다.

몸이 버틴다면!

한빈은 다시 월아를 움직였다.

스르륵.

월아가 나비가 날갯짓하듯 우아하게 허공을 쓰다듬었다.

부드러운 동작이지만 월아의 끝에는 강맹한 기운이 맺히기 시작했다.

'진룡파혼검.'

팡!

천장에 파였던 구덩이가 더 깊어졌다.

위를 올려다보던 한빈이 뛰어올랐다.

허공으로 솟구친 한빈이 깊게 파인 공간의 벽을 짚었다.

설화가 소군을 안아 들고 날아올랐다.

초아는 수하들과 함께 그 모습을 멍하니 바라봤다.

그때 청화마저 뛰어오르려고 하자, 다급하게 물었다.

"우린 어떻게……?"

"각자도생. 이게 공자님 뜻이에요."

말을 마친 청화가 아무렇지 않게 뛰어올랐다.

그 모습에 초아도 수하들과 함께 날아올랐다.

위쪽의 공간은 제법 넉넉했다.

하지만 벽에 매달려 있는 것 자체가 수월하지 않았다.

백경에서는 이런 교육까지 해 주지는 않았다.

초아는 본능적으로 설화를 바라봤다.

설화는 한 손으로 홈을 잡고 나머지 한 손으로는 당과를 먹고 있었다.

이쯤 되자 초아는 이들의 정체가 궁금해졌다.

그 호기심은 그리 오래가지 않았다.

한빈이 한 손으로 진룡파혼검의 초식을 전개했기 때문이다.

한 손으로 벽을 잡은 상태에서 경천동지할 초식을 펼치는 것은 아무리 생각해도 이해가 되지 않았다.

그때였다.

둑이 터진 듯 사방에서 산성액이 나와 방 안을 채우기 시작했다.

한빈은 계속해서 진룡파혼검을 펼쳤다.

태산지룡의 위액으로 예상되는 산성액 속으로 떨어진다면, 만독지체라 할지라도 오래 버틸 수는 없을 것이 분명했다.

아래쪽은 제단까지 천천히 잠기는 상태.

한빈은 입맛을 다셨다.

여기서 보물을 찾는다는 것은 이미 물 건너갔기 때문이다.

일단은 진룡파혼검으로 탈출로를 만드는 것이 급선무였다.

한빈은 다시 진룡파혼검을 펼쳤다.

팡! 팡!

그들의 위쪽으로 연달아 천둥이 쳤다.

팡!

한빈은 마치 두더지처럼 위쪽을 파고 들어갔다.

얼마나 올라갔을까?

갑자기 신선한 바람이 코를 간지럽혔다.

아래쪽의 퀴퀴한 냄새와는 전혀 다른 향기에, 모두는 눈을 크게 떴다.

그 향기에는 한기까지 실려 있었다.

드디어 밖으로 나갈 수 있는 출구에 도달한 것이다.

그때였다.

백경의 무사 중 하나가 검을 떨어뜨렸다.

한빈의 기묘한 무공을 넋을 잃고 보다가 실수를 한 것이다.

밑으로 털어진 검은 힘없이 바로 아래 있던 제단 쪽으로 떨어졌다.

풍덩!

팅!

검이 묘한 소리를 냈다.

녹아내린 묵철 사이에 뭔가가 있었다.

마지막 진룡파혼검을 펼친 한빈이 위쪽을 바라봤다.

그러고는 설화에게 말했다.

"너희는 먼저 나가라."

"저희 먼저요?"

"그래, 나는 남아서 할 일이 있다."

한빈이 몸을 날리려는 듯 아래쪽을 바라봤다.

그때 초아가 다급하게 외쳤다.

"나한테 걸어 놓은 금제는?"

"다시 돌아온다면 생각해 볼게."

말을 마친 한빈이 아래로 몸을 날렸다.

사사 삭.

한빈이 있던 자리에는 잔향만이 남았다.

초아는 아래를 바라봤다.

하도 깊기에 바닥이 보이지 않았다.

자신들이 이곳을 어떻게 올라왔는지 감도 안 잡힐 정도였다.

한 시진 후.

설화가 마른침을 삼키고 있었다.

한빈을 믿는 설화지만, 아래로 내려간 지 너무 오래되었기 때문이다.

연신 마른침을 삼키던 설화가 고개를 갸웃했다.

올라오자마자 자리를 뜰 줄 알았던 초아 일행이 석상이 된 채 그들이 올라왔던 구멍을 보고 있었기 때문이다.

설화가 아무렇지 않게 물었다.

"여기서 뭐 해요? 우리 공자님이 돌아오기 전에 도망가는 게 낫지 않아요?"

"나는 해결해야 할 일이 있어."
말을 마친 초아가 입술을 잘근잘근 깨물었다.
그때 낙엽 밟는 소리가 그녀들의 귀에 들려왔다.
사사 삭.

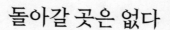

돌아갈 곳은 없다

낙엽 밟는 소리가 더욱 은밀해졌다.

소리는 은밀했지만, 기세는 피부를 찌르는 듯 강렬했다.

초아의 눈이 커졌다.

결코 기세 때문이 아니었다.

어딘가 익숙한 냄새 때문이었다.

바로 한 시진 전까지 아래에서 그들을 괴롭혔던 시큼한 냄 새였다.

그 역한 냄새가 초아의 코를 찔렀다.

냄새가 풍겨 오는 곳을 바라본 초아의 눈이 한계까지 커졌 다.

누런 액체를 뒤집어쓴 형체가 서서히 다가오고 있었기 때문이다.

누런 액체를 얼마나 꼼꼼히 뒤집어썼는지 사람의 형태라고는 볼 수 없을 정도였다.

그 형체는 일정 거리를 두고 더는 오지 않았다.

타원형으로 된 형체는 마치 달걀을 늘여 놓은 것 같았다.

초아가 떨리는 목소리로 외쳤다.

"귀, 귀신이 대낮에?"

"……."

형체는 아무런 답이 없었다.

아무렇지 않게 간격을 두고 제자리에 있을 뿐이다.

형체가 말이 없자 초아가 다시 외쳤다.

"저건 달걀귀신이 분명해!"

그때 설화가 초아의 옆구리를 콕콕 찔렀다.

초아가 돌아보니 설화가 뾰로통한 표정을 지었다.

"귀신 아니에요. 왜 산 사람보고 귀신이라고 그래요!"

"저게 귀신이 아니라고?"

"왜 자꾸 귀신이래요? 재수 없게. 공자님 죽으면 당신이 책임질 거예요?"

설화가 눈에 쌍심지를 켜며 말하자, 초아가 누런색 형체를 가리켰다.

"공자님이라니? 저기 봐 봐, 저게 어떻게 사람이야?"

"쉿, 조심하세요. 그러다가 후환이 닥쳐요."

"후환이라니? 저 귀신이 노리고 있는 사람이 설마…… 나란 말이야? 그리고 네가 말한 공자라는 게 저 달걀, 아니 물귀신을 말하는 거고?"

초아가 말한 물귀신이란 한빈이었다.

한빈을 기다리다 포기한 초아는 그를 물귀신이라 생각했다.

금제도 풀어 주지 않고 아래로 내려가 죽음을 택한 한빈이 원망스러웠기 때문이다.

"그런데 왜 물귀신이에요?"

"내 금제를 풀어 주지 않고 죽었으니……."

초아는 말을 맺지 못했다.

누런 귀신의 형체가 손가락을 튕겼기 때문이다.

딱!

그 소리에 설화가 보따리를 들고 달려갔다.

설화는 누런 형체 앞에 보따리를 내려놓고 제자리로 돌아왔다.

누런 형체는 보따리를 집어 들더니 뒤쪽으로 사라졌다.

그 모습을 멍하게 보고 있던 초아가 황당하다는 듯 읊조렸다.

"귀신이 아니라면……."

"우리 공자님이 왜 귀신이에요. 저렇게 신수가 멀쩡하신데요."

"저게 멀쩡한 거라고? 대체 멀쩡하다는 기준이 뭐죠?"

"지금 당신처럼 팔다리가 다 붙어 있고 얼굴이 그대로면 멀쩡한 거죠."

"그 기준이라면 멀쩡한 게 아닌 것 같은데?"

"에이, 당신은 아직 멀었네요."

"내가 멀었다고?"

초아가 황당하다는 듯 설화를 바라봤다.

그때 다시 낙엽 밟는 소리가 들려왔다.

사사 삭!

그 소리와 함께 붉은 무복의 사내가 나타났다.

한빈이 초아를 보며 씩 웃었다.

"누가 나보고 귀신이라고 했나? 그것도 물귀신이라고?"

"아까는 분명히…….."

"태산지룡과 마주했으면 이 정도의 각오는 해야지. 그렇다고 귀신 취급을 하면 섭섭한걸."

"그런데 어딜 갔다 온 거죠?"

"난 그 꼴을 하고 사람들 앞에 서 있을 만큼 예의가 없지는 않아. 당연히 무복 정도는 갈아입고 와야지."

한빈이 자신의 소매를 툭툭 털었다.

그 모습에 초아가 멍한 표정으로 한빈을 바라보다가 다시 물었다.

"대체 무슨 일이 있었던 거죠? 아니, 자, 잠시만요."

초아가 말을 끊고 고개를 갸웃했다.

머리를 자극하는 단어 하나가 쓱 지나갔기 때문이다.

바로 태산지룡이라는 말이었다.

"태산지룡이라고? 그 통로에 태산지룡이 있었다는 말인가요?"

초아가 눈을 크게 떴다.

그녀가 백에게 지시받은 것은 두 가지였다.

태산지룡의 내단과 향로를 확보하는 일이었다.

하지만 둘 중 어떤 것도 찾지 못한 상황.

둘 다 단서조차 확인하지 못했다.

대답을 기다리며 초아는 입술을 잘근 씹었다.

그때 한빈이 아무렇지 않게 답했다.

"그래."

"왜 우리가 못 봤죠?"

"너희도 분명히 봤어."

"아니에요. 저희는 못 봤어요."

초아가 황당하다는 듯 한빈을 바라보자 한빈이 진득한 미소를 지었다.

"내기할까?"

"……."

초아는 말없이 한빈을 바라봤다.

갈 길이 구만리인데 내기를 제안하고 있으니 뭐라 대답할지 몰라서였다.

그때 한빈이 다시 말했다.

"그렇게 자신 없나?"

"태산지룡이 어디 숨어 있는지 몰라도 저희는 못 봤어요. 그렇게 큰 영물을 보고 내가 못 알아볼 수는 없어요. 내기해도 좋아요."

초아가 결심한 듯 말하자 한빈이 진지한 표정으로 말을 이었다.

"좋아, 뭘 걸까? 돈, 명예? 아니면 자신에게 가장 소중한 거?"

"뭐든 좋아요."

"그래, 그럼 자신에게 가장 소중한 걸 걸도록 하지."

"당신에게 가장 소중한 게 뭔가요?"

"가족. 물론 너도 똑같겠지?"

"음."

초아는 침음을 삼켰다.

북해에 두고 온 가족이 떠올랐기 때문이다.

하지만 이제까지 걱정한 적은 없었다.

백경이 그들을 아낌없이 돌봐 주겠다고 약속했으니까.

그들이 약속을 어길 리는 없었다.

신선을 목표로 도를 쌓는 이들이 사소한 약속을 어긴다면 그것은 어불성설이었다.

그때 한빈이 턱을 괴고 초아를 바라봤다.

"그럼 가족을 걸기로 약속한 건가?"

"당연히 내가 내기의 승자가 될 거니……."

"아니야. 그게 아니야. 너는 이 내기에서 이미 졌어."

"그게 무슨 말이에요?"

"말 그대로. 네가 이번 내기에서 졌다는 말이지."

"내가 태산지룡을 봤다는 증거 있어요?"

"증거는 차고도 넘치지."

말을 마친 한빈은 초아의 수하 중 둘을 가리켰다.

둘은 산성액에 맞아 상처 입은 자들이었다.

초아는 고개를 갸웃하며 한빈을 바라봤다.

"무슨 뜻이죠?"

"일단 저 상처가 첫 번째 증거야."

"우리 아이들의 상처가 어떻게 증거가 되죠?"

"우리가 있었던 곳은 태산지룡의 몸속이었으니까. 그때 흘러내리던 산성액이 바로 태산지룡의 위액이야."

"말도 안 돼요!"

"저 정도로 산성이 강한 액체가 존재하는지 알아봐. 그럼 내가 한 말을 인정하게 될걸. 그리고 중요한 건 저 위액마저도 영약에 버금가는 물건이라는 거지."

"영약에 버금간다고요?"

"살아남기만 하면 저기에 닿았던 부분만큼은 만독불침이 되지."

"농담이죠?"

말은 그렇게 했지만, 초아는 고개를 돌려 상처 입은 수하들을 바라봤다.

그들은 아직도 고통스러워하고 있었다.

그때 한빈이 다시 말을 이었다.

"태산지룡의 내단을 보여 주면 믿을 텐가?"

"그, 그걸 발견했다고요?"

"내가 진짜 태산지룡의 내단을 발견했을까? 알아맞혀 봐."

"발견했군요."

"그건 비밀이야."

"……."

초아가 이를 악물었다.

결정적인 순간에 대화를 끊었기 때문이다.

한빈을 바라보던 초아가 재빨리 말을 이었다.

이제는 자신의 용건을 말해야 함을 깨달은 것이다.

"이제 금제를 풀어 주시죠. 날 살려 둔 것을 보면 아마도 이용하겠다는 심산이겠죠. 하지만 두 시진만 지나면 난 이용 가치가 없어져요."

"그게 무슨 말이지?"

"제가 버틸 수 있는 한계예요. 지금 머릿속에서 당신이 걸어 놓은 금제와 백경이 걸어 놓은 금제가 충돌하고 있어요. 이대로 나를 둔다면 앞으로 두 시진을 넘기기 힘들 거예요."

"두 시진이라……. 그 전에 본격적으로 그 보물이 뭔지에 대해서 얘기해 볼까?"

"일단 금제부터 풀어 주면 그때 이야기할 거예요."

"재미있는 아이군."

"뭐가 재미있다는 거죠?"

한빈이 씩 웃더니 설화를 바라봤다.

눈빛만으로 설화가 주변에 있던 보따리를 주섬주섬 챙겼다.

그 모습에 초아가 고개를 갸웃했다.

"지금 뭐 하는 거죠?"

한빈은 초아에게 눈길도 주지 않았다.

대신 설화에게 단호하게 말했다.

"가자."

"네, 공자님."

설화가 어깨를 활짝 펴고 돌아섰다.

초아가 재빨리 그들을 막아섰다.

"지금 뭐 하는 거예요?"

"칼자루를 쥔 사람이 누군지 모르는 것 같아서. 나는 자기 처지도 모르는 사람과는 대화하기 싫거든. 중요한 건 그런 사람은 이용 가치도 없다는 점이지."

"……."

초아가 말없이 이를 악물자 한빈이 다시 말을 이었다.

"이제 대화할 준비가 됐지?"

"네."

초아가 고개를 끄덕였다.

이건 불가항력이었다.

두 개의 금제는 지금도 충돌하고 있었다.

초아가 이를 악물고 말했다.

"보물은……."

그녀는 말을 잇지 못했다. 대신에 머리를 감싸 쥐고 고통스러워했다.

백이 걸어 놓은 금제가 발동한 것이었다.

머리가 터질 듯이 아파져 오고, 관자놀이가 꿈틀댔다.

신음을 흘리던 초아가 겨우 표정을 수습하고 한빈을 바라봤다.

"아무래도 안 될 것 같아요. 당신 말대로 난 이용 가치가 없군요."

한빈이 초아를 바라보며 한숨을 내쉬었다.

"그것참……. 생각보다 심각하군. 혹시 백경의 영단을 먹었나?"

"당신이 그걸 어떻게 알았죠?"

초아가 흠칫한 표정으로 쏘아보자 한빈이 초아의 머리를 가리켰다.

"아마도 그때 먹은 건 영단이 아닐 거야. 금제는 따로 걸었다고 알고 있겠지. 그러니 금제를 풀 엄두도 못 내는 거고."

"내가 먹은 게 영단이 아니었다고요?"

초아가 말도 안 된다는 듯 고개를 흔들었다.

그녀가 받아들이기에는 말도 안 되는 정보였기 때문이다.

뒤에 있던 초아의 수하들도 마찬가지의 표정을 짓고 있었다.

그도 그럴 것이, 백경의 무사들은 조장의 자격을 얻게 되면 모두 영단을 내려받는다.

단번에 경지를 높여 줄 수 있는 꿈의 물건이었다.

그 영단으로 초아는 단숨에 모든 경지를 뛰어넘게 되었다.

그런데 영단이 아니라니!

말도 안 되는 이야기였다.

입을 앙다문 초아의 눈빛은 단호했다.

어떤 얘기를 한다 해도 인정하지 못한다는 굳은 각오를 드러냈다.

한빈이 여전히 건조한 목소리로 말을 이었다.

"네 머릿속에 들어 있는 게 뭔지는 나도 몰라. 하지만 내가 들은 얘기가 하나 있지."

초아의 얼굴에 호기심이 살짝 스치자 한빈이 때를 놓치지 않고 말을 이었다.

"북해의 어떤 벌레는 선천진기를 쓰게 만들어 무공이 상승했다고 착각하게 만드는 효과가 있다고 하더군. 그 벌레가 고충을 말하는 것은 알고 있겠지?"

"고충이라고?"

초아가 놀란 듯 물었다.

선천지기란 어찌 보면 단전의 그릇 자체다.

선천지기를 꺼내 쓰면 어떻게 될까?

그 말은 그릇이 점점 얇아지면 어떻게 될까 하는 질문과 같다.

선천지기를 꺼내 쓰게 되면 언젠가는 단전이라는 그릇이 깨진다.

즉, 무인으로서의 생명이 끝난다는 이야기.

초아의 표정 변화를 본 한빈이 기다렸다는 듯 말을 이었다.

"아마도 영약이라고 속이고 먹였겠지?"

"음."

초아가 이해가 안 된다는 듯 고개를 저었다.

그러자 한빈이 품에서 환약 하나를 꺼냈다.

그 환약은 누가 봐도 영단이 분명했다.

금색 가루가 유난히 눈에 띄었다. 오랜 기간 연단해야 나오는 청명한 빛이었다.

갑작스러운 상황에 초아의 눈빛이 흔들렸다.

"그게 대체……."

"이게 영약이 맞을까? 맞히면 이걸 너한테 주지."

"영약이 아니라면 대체 무엇이죠?"

"강호에 이런 속담이 있지."

"무슨 속담을 말하는 거죠?"

초아가 긴장한 표정으로 한빈을 바라봤다.

한빈이 환약을 가리키며 말을 이었다.

"사람과 영약은 까 봐야 속을 알 수 있다는 속담!"

말을 마친 한빈이 환약을 쪼갰다.

살짝 쪼개진 환약에서 나오는 건 꿈틀대는 벌레였다.

순간 초아의 눈이 커졌다.

그녀는 한빈이 무엇을 말하는지 알 것 같았다.

몇 번의 설명보다 이렇게 눈으로 보는 것이 이해가 빨랐다.

백이 주었던 영약 속에 무엇이 들어 있는지는 아무도 알지 못했다.

초아의 눈썹이 살짝 떨렸다.

한빈이 다시 말을 이었다.

"아마도 나와 비슷한 수법을 썼겠지."

"그럴 리가 없어."

초아의 눈빛이 흔들렸다.

가장 당황스러운 것은 백경의 선주인 백이 거짓말을 했다는 점이었다.

아무리 생각해도 그럴 리가 없었다.

한빈이 아무렇지 않게 말을 이었다.

"내가 아까 말했잖아. 사람과 영약은 까 봐야 안다고. 아직도 백을 믿고 있군."

"믿을 수밖에……."

초아가 말끝을 흐리더니 눈썹을 꿈틀댔다.

동시에 관자놀이가 꿈틀댔다.

그 모습을 보던 한빈이 손을 뻗었다.

한빈의 손이 초아의 정수리로 향했다.

탁.

가볍게 손을 올려놓았던 한빈은 손을 뗐다.

마치 한빈이 초아의 머리를 쓰다듬은 것처럼 보일 뿐이다.

초아의 눈이 커졌다.

그녀의 머리를 옥죄고 있던 금제가 저절로 사라진 것이다.

초아의 표정과는 달리, 주변에 있던 백경의 무사들은 검집을 잡았다.

순간 초아가 손을 뻗어 그녀들을 제지했다.

"진정해라. 지금 나는 도움을 받았다."

그 말에 초아의 수하들이 뒤로 물러났다.

한빈은 그들에게는 눈길도 주지 않고 말을 이었다.

"일단 내가 걸어 놓은 금제는 제거했다. 조건은 없다. 그냥 선물로 생각해라."

뜻밖의 말에 초아의 눈이 커졌다.

물론 옆에 있던 설화도 놀라기는 마찬가지였다.

설화가 놀란 부분은 조건이 없다는 말이었다.

조건이 없던 적이 한 번이라도 있었던가?

아무리 생각해도 예외는 없었다.

그때 초아가 조심스럽게 물었다.

"왜 금제를 풀어 주신 거죠? 내가 적으로 돌아설 텐데요."

"그럴 리는 없다고 생각한다."

"그건 만용 아닌가요?"

"너희는 이유가 있는 행동을 만용이라고 하나?"

"이유가 대체 뭐지요?"

"혹시 이유가 궁금한가?"

"네, 궁금해요."

"들으면 후회할 텐데?"

"내 행동을 이제까지 후회한 적은 없어요. 아니, 딱 한 번
있네요. 당신을 만났다는 거."

"날 만난 것보다 나한테 이야기를 들었다는 걸 평생 후회
할 텐데."

"그러니 더 궁금하군요."

"흠."

한빈이 잠시 하늘을 올려다봤다.

조금은 낯선 모습이었다.

그 모습을 바라보던 초아는 눈을 가늘게 떴다. 한빈이 어
떤 계략을 꾸미고 있다고 판단한 것이다.

초아와 백경의 무사들뿐이 아니었다.

설화가 보기에도 한빈의 모습은 이상했다.

한빈이 진짜로 침울해하는 듯 보였기 때문이다.

한숨 속에 섞여 나오는 감정은 설화가 보기에는 진짜였다.

저런 분위기라면 계약서를 내밀든가 뒤통수를 칠 리가 없었다.

저렇게 분위기를 잡는 이유가 과연 무엇일까?

설화는 고개를 갸웃하며 한빈에게 집중했다.

청화도 마찬가지였다.

한빈의 입에서 나올 말이 궁금했다.

모두는 다른 감정으로 한빈을 바라보고 있었다.

다양한 시선을 받은 한빈이 초아를 바라봤다.

천천히 열리는 한빈의 입술.

"이제는 없다."

순간 초아의 눈이 커졌다.

진지했던 표정과는 달리 대답이 너무 허무했기 때문이다.

초아뿐이 아니었다.

옆에서 듣던 설화도 한빈이 무슨 말을 하는지 알아챌 수 없었다.

참다못한 설화가 끼어들었다.

"공자님, 뭐가 이제는 없다는 거예요?"

"저 아이가 떠나온 마을이 세상에 없다는 말이다."

한빈이 초아를 가리켰다.

순간 초아의 눈이 커졌다.

그녀는 믿기지 않는다는 듯 한빈을 바라봤다.

"그, 그게 무슨 말이죠? 우리 마을이 사라졌다니요?"

"나는 이곳에 오기 전에 하오문과 개방에 북해와 백경에 대한 조사를 의뢰했다. 지금 막 도착한 자료에 상황이 나와 있더군."

"믿을 수 없어요."

"믿지 않아도 된다. 네가 나중에 확인해 보면 될 테니까. 그런데 왜 여태껏 한 번도 확인하지 않았지?"

"그건……."

"아마도 백경에 오른 뒤에는 엄두를 내지 못했을 테지. 그리고 그들이 거짓말을 하고 있다는 생각조차 못 했고. 중요한 건 앞으로도 확인을 못 한다는 점이지."

"……."

초아의 눈이 커졌다.

한빈은 모든 상황을 꿰뚫고 있었다.

한빈의 말대로 그녀는 백을 믿고 있었을 뿐, 확인해 볼 생각은 못 했다. 아니 엄두조차 못 냈다.

백경의 선주는 그만큼 고귀한 존재니 말이다.

초아는 아직도 한빈을 믿지 못하겠다는 듯 눈동자를 굴렸다.

자청을 비롯한 백경의 무사들은 서로를 바라봤다.

그들에게는 한빈이 한 말이 초아에게만 해당하는 것인지,

자신의 마을도 포함되는 것인지가 중요했다.

이기적이라 할 수도 있지만, 그들의 이런 생각은 당연했다.

긴 침묵을 깨뜨린 것은 초아였다.

"다, 당신의 말을 어떻게 믿죠?"

"그건 내가 증명할 필요가 없지."

말을 마친 한빈이 손가락을 튕겼다.

딱!

그 소리에 설화가 앞으로 한 걸음 나오다가 움찔하며 멈췄다.

그 소리는 자신을 부르는 소리가 아니었기 때문이다.

설화는 주변을 둘러봤다.

아무리 생각해도 손가락을 튕겨서 이곳에 올 사람은 주변에 없었다.

초아도 마찬가지였다.

갑작스러운 한빈의 행동에 마른침을 삼켰다.

그때였다.

낙엽 밟는 소리가 다시 주변에 울렸다.

스스 슥.

그 소리는 한빈이 내는 소리와는 조금은 달랐다.

비슷한 소리였지만, 다소 경박했다.

소리와 함께 냄새도 주변을 덮쳤다.

한빈이 풍기던 태산지룡의 위액 냄새와도 달랐다.

묘하게 코끝을 자극하는 불쾌한 냄새.

그 냄새가 점점 진해지더니 한 신형이 그들의 앞에 모습을 드러냈다.

가장 먼저 반응한 것은 다름 아닌 설화였다.

"광개 아저씨!"

"오, 설화구나. 오랜만이구나."

"오랜만은 아니죠. 얼마 전에도 봤잖아요. 그런데 여긴 어쩐 일이세요? 그때 무당에서 보기로 했던 것 같은데요."

"이 친구가 날 원하니 귀한 걸음을 할 수밖에 없었지."

광개가 가리킨 것은 한빈이었다.

"공자님 때문에 오셨다고요?"

"아무래도 이 친구가 내 도움이 필요한 것 같아서 이렇게 불원천리 달려온 거야."

그 말에 한빈이 끼어들었다.

"자기 얼굴에 금칠하는 것도 좋지만, 이 친구에게 상황을 좀 설명해 주지."

"흠, 그럴까……."

광개가 머리를 긁으며 초아의 앞에 섰다.

한참을 보던 광개가 진지한 얼굴로 입을 열었다.

"북해의 사람인가 보군. 친구의 부탁을 받아 북해를 조사했지. 북해의 중심은 북해빙궁이기는 해도 북해인들은 여러 부락으로 흩어져서 조사하기가 꽤 힘들었다네. 물론 돈도 많이 들었지."

"그런데요?"

"방금 팽 공자가 했던 말처럼 백경이 지나간 마을에는 사람이 살고 있지 않아. 보고서에 따르면 그것도 꽤 오래전에 사람들이 없어졌다고 하더군."

"그게 저랑 무슨 상관이에요?"

"한풍 부락, 설풍 부락, 북풍 부락……."

광개는 북해에 흩어져 있는 마을을 쉬지 않고 읊기 시작했다.

마치 입에 물레방아를 달아 놓은 것처럼 말이다.

가만히 있던 초아의 눈이 커진 것은 중간 정도였다.

이후 수하들의 눈동자도 흔들리기 시작했다.

그들이 살던 마을의 이름이 나온 것이다.

광개의 말이 끝나기도 전에 초아가 물었다.

"대체 누구시기에 그걸 아는 거죠? 그리고 제가 왜 그걸 믿어야 하죠?"

"나는 개방의 광개라고 하지. 강호에 발을 디뎠으면 내 명성 정도는 들어 봤을 거야."

"광개라……."

초아는 인상을 쓰며 이름을 떠올리려 애썼다.

그 모습에 광개가 말했다.

"무명 소졸들은 내 이름을 모르는 경우도 많더군. 최근에는 하남 분타뿐 아니라 하북 분타도 맡고 있지. 그리고 무제 자 홍칠개 어르신의 오른팔이라고 부르는 사람도 있고."

"아, 홍칠개……."

초아는 그제야 고개를 끄덕였다.

그것도 잠시, 초아가 고개를 갸웃했다.

"거지가 어떻게 북해의 사정을 알지?"

"세상에 거지가 없는 곳을 본 적이 있나? 그런 곳이 있다 면 내게 말해 주면 좋겠군."

광개가 자신 있게 어깨를 펴자 초아가 힘없이 고개를 끄덕 였다.

"그렇군요……."

"표정을 보니 내가 안 좋은 소식을 전한 것 같지만, 개방도 로서 거짓말을 할 수는 없었네."

말을 마친 광개는 한빈을 바라봤다.

그러고는 검지로 한빈을 가리켰다.

모두가 고개를 갸웃하고 있을 때, 광개는 검지를 구부려 엄지에 붙였다.

엽전 모양을 그린 것이다.

한빈이 품에서 은원보 하나를 꺼내 던졌다.

휙!

광개는 미리 준비한 가죽 주머니를 벌렸다.

은원보가 광개의 가죽 주머니에 빨려 들어갔다.

가죽 주머니를 허리에 꿰찬 광개가 머리를 긁으며 말을 이었다.

"공과 사는 정확해야 한다고 항상 어르신들께서 말씀하셔서. 사실 공짜라 말해 주고 싶었지만, 북해의 거지들이 요즘 많이 힘들다네. 이 돈은 좋은 일에 쓰도록 하지."

"모자라면 말해."

"그럼 나는 이만."

말을 마친 광개가 구걸십팔보를 펼쳤다.

스스!

하지만 광개는 자리를 떠나지 못했다.

한빈이 광개의 어깨를 잡고 있었기 때문이다.

갑작스러운 상황에 광개가 다급하게 물었다.

"친구, 왜 그러는가?"

"갈 때는 가더라도 이건 가지고 가야지."

한빈이 광개에게 비단 주머니 하나를 건넸다.

"연서인가?"

"아무래도 맞아야겠군."

"하하, 농담일세."

비단 주머니를 품에 넣은 광개가 입꼬리를 올렸다.

"이놈의 인기란, 다음에……."

그의 마지막 말은 들리지 않았다.

벌써 자리에서 사라졌기 때문이다.

초아는 멍하니 광개가 있던 자리를 보고 있었다.

그의 말은 믿을 수밖에 없었다.

개방도의 분타주는 목에 칼이 들어와도 거짓말은 안 한다.

이것은 개방의 세 번째 규칙이었다.

이런 규칙이 제정된 이유는 하나였다.

개방이 가지고 있는 정보의 신뢰성을 높이기 위함이었다.

개방도가 거짓말을 한다면 그 정보를 믿을 사람이 어디 있 겠는가?

그런 이유로 분타주 이상의 직책을 가진 개방도는 타인의 앞에서 가짜 정보를 말하는 법이 없었다.

그러니 광개의 말을 사실로 받아들일 수밖에 없었다.

그게 거짓이라면 광개는 개방도가 아니어야 했다.

하지만 그럴 확률은 낮았다.

개방도 특유의 불쾌한 냄새는 억지로 꾸며 낼 수 없기 때 문이었다.

멍하니 있던 초아가 깜짝 놀라 고개를 들었다.

머리에서 묘한 촉감이 느껴졌기 때문이다.

고개를 돌려 보니 한빈이 그녀의 정수리에 손을 대고 있었 다.

이전에 금제를 풀 때와 비슷한 동작이었다.

순간 초아가 뒷걸음쳤다.

"왜 또 금제를……."

"금제를 건 것이 아니다. 이제는 말해도 좋다."

"……."

초아가 무슨 뜻인지 몰라 멍하니 있자, 한빈이 말을 이었다.

"백의 금제를 일시적으로 무력화시켰으니 이제는 솔직히 말해도 좋다."

"그게 무슨 말이에요? 내가 분명히 보물에 대해서 말하면……."

초아가 말끝을 흐렸다.

그녀의 눈이 한계까지 커졌다.

이전의 놀람과는 전혀 다른 표정이었다.

무슨 일인지 모르지만, 백의 금제가 발동하지 않았다.

간단한 동작 하나만으로 백이 자신에게 걸어 놓은 금제를 무력화한 것.

이런 능력을 가지고 있는 것은 백경의 선주들밖에 없었다.

초아가 떨리는 목소리로 물었다.

"당신은 신선이십니까?"

초아의 물음에 한빈이 피식 웃었다.

"내가 그 정도 나이는 아닌데……. 중요한 건 내 수법이 임시방편이라는 거야. 대충 내가 백의 금제를 막을 수 있는 시간은 딱 일각. 그 뒤는 책임 못 져."

"일각이라면?"

"너와 대화를 나눌 시간으로는 충분하지."

"일각 뒤면 어떻게 되죠?"

"백이 심어 놓은 금제가 발동하겠지."

"당신의 힘으로는 그 금제를 못 푸나요?"

"그걸 왜 지금 물어보는 거지? 금제를 풀 생각이 애초에 없었던 거 아닌가?"

"당신과 개방의 말이 사실이라면 복수하고 싶어요."

"아직 못 믿는다는 얘기 같군."

"믿을 수 없어요. 아니 믿고 싶지 않아요."

말을 마친 초아가 이를 악물었다.

그 모습에 한빈이 다시 말을 이었다.

"금제를 못 푸느냐고 물어봤지? 정확히 말하면 풀 수는 있어."

"그럼 풀어 주세요."

"각기 다른 천 개의 자물쇠와 천 개의 열쇠를 섞어서 숲속에 떨어뜨려 놓는다고 생각해 봐. 구멍에 맞는 열쇠를 찾을 확률이 얼마나 될까? 문제는 구멍에 열쇠가 맞지 않으면 그 자물쇠는 부서진다는 점이지."

"자물쇠가 제 머리인가요?"

"그래. 정확한 처방이 없다면 네 머릿속에 있는 금제는 빼내지 못해."

"그럼 이제 방법이 없겠군요. 향로도 사라졌으니 금제를 풀 방법은 없겠어요."

"향로라니, 그게 무슨 말이지?"

"저희가 이곳에 온 이유는 크게 세 가지."

"세 가지라면?"

"백룡의 잔당을 처치하는 것이 첫 번째고, 두 번째는 향로를 찾는 거였어요. 그리고 세 번째는……."

일각이라는 시간을 인식한 듯 초아가 쉬지 않고 설명을 이어 갔다.

한빈은 초아의 설명 도중에 눈을 빛냈다.

바로 향로에 대한 설명이 나왔을 때였다.

그들이 찾는 보물이란 바로 향로였던 것 같았다.

하지만 그녀는 말을 끊지 않았다.

향로에 대한 설명은 간단했다.

백경에서 심어 놓은 모든 금제를 향로 하나로 풀 수 있다는 것이다.

처음에는 자신들이 심어 놓은 금제를 푼다는 것이 뭘 그리 대단하냐고 생각했다.

하지만 이어진 이야기를 들어 보니 백경이 심어 놓은 모든 금제를 향로 하나로 풀 수 있다는 의미는 생각보다 컸다.

백경의 선주들은 서로 다른 방법의 금제를 사용한다고 한다.

한 종류가 아닌 여러 종류의 고독을 사용하고 심지어는 각기 다른 섭혼술을 쓴다고.

그렇기에 모든 금제를 풀 수 있는 향로가 있다면 다른 선주들보다 윗자리를 선점할 수 있다는 이야기였다.

그 이야기를 들어 보면 백경의 선주들은 묘한 경쟁 관계에 있는 듯했다.

설명을 끝낸 초아가 잠시 심호흡했다.

그만큼 초아는 쉬지 않고 단시간 내에 많은 설명을 토해 냈다.

그녀가 한숨 돌린 듯 호흡을 되찾자 한빈은 그제야 입술을 뗐다.

"아쉽게 됐군. 향로는 저 아래 묻혔을 테니까."

"향로만 있다고 금제를 풀 수는 없어요."

"그럼 뭐가 필요하지?"

"삼황초가 필요해요. 삼황초를 향로에 넣어야 본래의 효과를 나타내요."

"흠."

"처음 들어 보는 약초죠? 그럼 이만……."

"무슨 뜻이지?"

"원수를 알고 그 밑에 있을 수는 없죠. 시간이 남아 있을 때 내 손으로 결정을 내릴 거예요."

말을 마친 초아가 품속에 손을 넣었다.

그녀의 손이 나왔을 때는 은빛 단도가 예기를 빛내고 있었다.

초아는 망설임 없이 단도의 끝을 자신의 목을 향해 가져갔다.

휙!

물론 초아의 단도는 목 바로 앞에서 멈췄다.

그녀의 단도보다 한빈의 손이 더 빨랐기 때문이다.

한빈은 검지를 그녀의 견정혈에서 뗐다.

눈 깜짝할 사이에 한빈이 점혈한 것이다.

석상이 된 초아의 눈빛이 살짝 떨렸다.

"지, 지금 무슨 짓이에요? 지금 아니면 죽지도 못해요."

이 말은 초아의 진심이었다.

한빈에게는 믿지 못하겠다고 했지만, 개방 분타주의 말이었다.

백경이 자신의 마을을 없앴다는 이야기를 믿지 않을 수 없었다.

그렇다면 그곳에 있는 가족들도 목숨을 잃었을 것이 분명했다.

원수의 꼭두각시가 되어 계속 활동한다는 것은 있을 수 없는 일.

그럴 바에 그냥 목숨을 끊는 편이 나았다.

그런데 한빈이 마혈을 제압하자 자결하려던 그녀의 의도가 수포가 된 것이다.

잠시 뒤 백이 걸어 놓은 금제가 다시 발동한다면 죽지도 못한다.

백이 내린 지시에 반하는 행동을 한다면 고통은 고통대로 받고 죽지도 못할 것이다.

초아는 자결을 막은 한빈이 미웠다.

그때 한빈이 아무렇지 않게 말을 이었다.

"갈 때는 가더라도 고맙다는 말은 하고 가야 하지 않나?"

"그게 무슨 말이에요?"

"저 안에서 핏물이 될 뻔한 걸 구해 줬지."

"……."

"그것도 모자라 내가 걸어 놨던 금제도 풀어 줬잖아."

한빈이 초아의 머리를 가리키자, 그녀는 당황한 표정으로 말을 이었다.

"그 얘기를 왜……."

"아직 내 얘기는 안 끝났어. 나는 네게 진실을 알려 주기까지 했어. 이 은혜를 어떻게 갚을 거지?"

"저세상에서 갚을게요."

초아가 이를 악물었다.

한빈이 손을 활짝 펴더니 초아의 얼굴 앞에 가져갔다.

초아가 갈피를 못 잡은 듯 시선을 피할 때, 한빈이 새끼손가락만 남겨 놓고 나머지 손가락을 접었다.

"그럼 약속해."

"뭘 약속하죠?"

"은혜 갚겠다고!"

"자, 잠시만요. 시간이 얼마 안 남았어요. 일각이라고 했잖아요."

"그래도 먼저 약속해."

"약속한다고 했잖아요."

"말로 말고 문서로!"

말을 마친 한빈이 손가락을 튕겼다.

딱!

설화가 기다렸다는 듯이 보따리를 들고 달려왔다.

그뿐이 아니었다.

설화는 얼굴에 미소를 지으며 보따리를 한빈의 앞에 풀어 놨다.

한빈이 붓을 드는 데까지 걸린 시간은 그야말로 찰나였다.

사사삭.

한빈의 붓이 종이 위를 누볐다.

마치 붓 끝에 강기가 맺힌 듯 글자 하나하나에 기세가 느껴질 정도였다.

초아는 마혈을 제압당했기에 고개를 내릴 수 없었다.

그저 어렴풋이 글자가 늘어난다는 것만 느낄 수 있을 뿐이었다.

물론 옆에서 지켜보던 설화는 입가에 흐뭇한 미소를 짓고 있었다.

어떻게 보면 설화가 한빈보다 계약서에 집착하는 것처럼 보였다.

그것은 사실이었다.

설화가 계약서에 집착하는 이유는 딱 한 가지였다.

바로 경쟁심이었다.

한빈의 계약서는 날이 가면 갈수록 악랄해졌다.

이전에 설화와 한 계약 내용보다 최근에 한 계약이 더 악랄했다.

한마디로 노예 계약!

요즘 계약이 노예 계약이라면, 설화는 자신이 한 계약은 평민 계약 정도는 된다고 생각했다.

남의 계약을 보면서 자신의 계약에서 희열을 느끼는 것이다.

뭐, 청화도 마찬가지였다.

남들이 계약서를 쓰는 것을 보면 자꾸 우쭐한 느낌이 들었다.

그렇게 그들이 눈을 빛내고 있을 때, 초아의 옆에 있던 자청은 입을 벌렸다.

상황 자체가 너무 이상했기 때문이다.

초아는 자청의 조장이기에, 그녀는 지금 일어나는 일에 신경을 곤두세우고 있었다.

심각하게 흘러가던 상황에서 갑자기 계약서를 작성하다니?

사람이 죽어 가는 상황에서 문서를 내민다는 것은 말도 되지 않았다.

자청과 나머지 백경의 무사들이 눈을 크게 뜨고 있을 때, 한빈의 붓끝이 멈췄다.

탁.

"자, 이제 됐다."

말을 마친 한빈은 초아가 들고 있던 단도를 빼앗아 옆으로 던졌다.

그녀의 옆에 있던 자청이 반사적으로 단도를 받았다.

단도를 치운 한빈은 점혈을 풀고 다시 말을 이었다.

"여기 서명해."

"아, 알았어요. 여기 서명하면 죽을 수 있는 건가요?"

"죽든지 말든지, 그건 서명한 후 네 자유야."

"알았어요."

초아는 아무런 감정 없이 고개를 끄덕였다.

어차피 죽을 것이었다.

계약서에 서명 하나 한다고 달라질 것은 없었다.

초아는 영혼 없는 표정으로 붓을 잡았다.

쓱쓱.

아무런 망설임 없이 내용도 확인 안 하고 서명을 끝낸 초아.

그녀는 수하인 자청에게 눈짓했다.

자청이 단도를 던졌고 초아는 그것을 허공에서 낚아챘다.

그녀는 다시 자신을 향해 단도의 끝을 돌렸다.

그때 다시 한빈의 손이 조용히 움직였다.

픽!

한빈이 다시 점혈하자 초아의 손이 멈췄다.

"약속한 거와는 다르잖아요."

"계약서의 효력은 지금부터 삼 년이야. 다음 생이라고는 적혀 있지 않아."

"아무리 그래도 금제에 걸려 있는 상태에서는 당신을 돕지 못해요."

"계약서는 금제보다 우선시한다!"

"그게 무슨……."

"이건 내 규칙이야. 그러니 너는 은혜를 갚고 죽어야 해."

"이런, 미친!"

초아가 이를 악물었다.

그것도 잠시, 그녀의 눈빛이 갑자기 흐려졌다.

동시에 그녀의 관자놀이가 꿈틀대기 시작했다.

마혈을 제압했음에도 살짝 떨리는 초아의 어깨.

자청이 다급하게 다가와 초아를 부축했다.

초아를 부축한 상태에서 자청이 눈을 매섭게 떴다.

"이게 무슨 짓이죠? 좋은 사람인 줄 알았는데……."

"내가 좋은 사람? 그럼 너희는?"

"……."

"지금 좋고 나쁘고를 판단할 때가 아닐 텐데."

"차라리 내가……."

자청은 말을 맺지 못했다.

한빈이 그녀의 마혈도 제압했기 때문이다.

동시에 옆에 있던 설화가 자청의 손에서 단도를 치웠다.

상관의 고통을 보다 못한 자청이 자신의 손으로 초아의 목숨을 거두려 한 것.

고통이 점점 커지는 듯 초아의 몸에 변화가 찾아왔다.

소리는 내지 않았지만, 초아는 눈을 까뒤집고 경기를 일으키고 있었다.

한빈은 예상했다는 듯 고개를 끄덕였다.

초아에게 걸려 있는 백경의 금제를 일시적으로 막을 수 있던 수법은 다름 아닌 근묵자흑이었다.

근묵자흑은 상대의 머릿속에 구결을 심어 놓을 수 있는 초식.

한빈이 이번에 심은 것은 독(毒)이 아니라 회복을 나타내는 복(復)의 구결이었다.

복의 구결이 금제가 주는 타격을 일각 동안 막아 준 것이다.

이제는 그 효과가 다했기에 복의 구결이 소멸한 것.

한빈은 아무렇지 않게 그녀의 앞에 쪼그리고 앉았다.

조용히 초아를 보던 한빈은 고개를 끄덕였다.

북해의 상황을 알려 줬지만, 그것을 초아가 받아들일지는 미지수였다.

차결하려는 행동도 연기일 수 있는 법.

초아의 감정을 확인하는 유일한 길은 백이 걸어 놓은 금제가 발동되는지를 확인하는 것이었다.

백에게 증오심을 품는다면 금제가 발동될 것이고 아니면 그런 척만 할 것이었다.

한빈에 보기에는 전자였다.

본심을 확인했으니 이제 다음 단계로 넘어가야 했다.

잠시 그녀의 상태를 살피던 한빈이 품에서 조그마한 철제 상자를 꺼냈다.

한빈은 그 상자를 열었다.

스르륵.

상자가 옆으로 열리자 한빈은 설화를 바라봤다.

설화가 고개를 끄덕이며 가죽 주머니를 건넸다.

한빈은 가죽 주머니를 받아 들었다.

설화가 건넨 가죽 주머니는 총 세 개였다.

한빈은 세 개의 가죽 주머니에서 약초 몇 가닥을 꺼냈다.

바로 삼황초를 구성하는 세 개의 약초였다.

약초를 가지런히 놓고 조심스럽게 세 개의 약초를 작게 뭉쳤다.

한빈은 환약처럼 동그랗게 말린 약초를 상자 안에 넣었다.

그러고는 그 상자를 초아의 앞에 놓았다.

옆에서 지켜보던 설화가 물었다.

"공자님, 저건 뭐예요?"

"아마 저 아이가 말했던 향로 같다."

"같다는 건 또 뭐예요?"

"강호인 중 무림 칠대기보 중 하나인 신선로를 본 자는 아무도 없으니까."

"그, 그게 무슨 말이에요?"

설화가 황당하다는 듯 눈을 동그랗게 떴다.

그 모습에 한빈이 향로를 가리키며 말을 이었다.

"나도 문서로만 봤지, 이렇게 만져 보는 건 처음이니까."

"문서라니, 그게 무슨 말이에요?"

"뭐, 자세한 건 나중에 말해 줄 테니 저 아이한테 집중하자."

한빈이 피식 웃으며 초아를 가리켰다.

눈앞에 있는 물건은 사실 남궁세가의 물건일 가능성이 있었다.

무림 칠대기보에 속하는 신선로의 다른 이름은 무애 향로.

이것은 한빈의 추측이었다.

정확히는 아직은 둘이 같은 물건인지 모른다.

다만 조금 뒤면 그 사실을 알 수 있을 것이다.

초아가 그 사실을 증명해 줄 테니까!

얼마 전 한빈은 향로에 대한 단서를 남궁장천에게서 얻었다.

한빈이 무림 칠대기보의 행방을 찾고 있다는 소문에 남궁 세가에서 서찰을 보내온 것이다.

서찰에는 향로에 관한 설명이 적혀 있었다.

그런데 그 향로의 설명이 초아가 말한 신선로의 효능과 비슷했다.

남궁장천의 말로는 무애 향로의 효능은 일종의 해독 작용이라고 했다.

향로라는 글자 때문에 모두가 삼발이 모양을 생각하지만, 무애 향로는 네모난 모양이라고 한다.

덕분에 한빈은 다 녹아내린 제단 아래에서 향로를 찾을 수 있었다.

향로를 찾았지만, 정확한 사용법은 알 수 없었다.

그런데 초아가 그 사용법을 말해 준 것이다.

만약 초아가 말한 신선로와 무애 향로가 같은 물건이라면?

이건 생각보다 대단한 무기를 얻은 셈이었다.

빙긋 미소 지은 한빈은 잠시 통로에서의 일을 떠올렸다.

무애 향로를 얻기 위한 대가는 물론 만만치 않았다.

그 안에서 살아남기 위해 기사회생과 금의환향을 연달아 써야 했다.

거기에 탈출하고 나서는 앞을 막고 있던 독충(毒蟲)들과 마주해야 했다.

아마도 태산지룡의 알을 보호하기 위해서인 듯했다.

지렁이가 알을 낳는다는 것이 이상하긴 하지만, 영물을 상식으로 판단할 수는 없는 법.

사실 세인들이 말하는 태산지룡의 내단이 바로 알이었다.

알을 지키려는 독충들과 한바탕 드잡이질을 벌이다 보니누런 액체를 뒤집어쓰게 된 것이었다.

한빈이 잠시 전 일을 떠올리고 있을 때였다.

초아의 몸이 들썩이기 시작하더니 코피가 흘러나왔다.

한빈은 그때를 놓치지 않았다.

내려놓은 네모난 향로를 들어 초아의 코에 갖다 댔다.

초아의 코피가 향로 안으로 빨려들어 갔다.

한빈은 때를 놓치지 않고 향로를 다시 닫았다.

순식간에 일어난 일이었다.

한빈은 향로를 왼손에 쥔 채 오른손으로 초아와 자청의 점혈을 풀었다.

초아가 신음을 흘리며 잠에서 깨어난 듯 한빈을 바라봤다.

"음, 이게 어떻게 된 일이죠? 고통이 사라졌어요."

"금제가 풀렸으니 고통도 사라졌겠지."

"그, 그게 무슨……."

"네가 찾던 향로는 내가 가지고 있어. 이제 약속을 지킬 차례야."

"자, 잠시만요."

초아는 이해가 안 된다는 듯 자신의 머리를 만졌다.

분명히 그녀의 생각을 통제하던 금제가 사라졌다.

한빈이 아무렇지 않게 말을 이었다.

"문제라도 있나?"

"대체 어떻게 하신 거죠?"

"아무래도 이 물건이 너희가 찾던 향로 같군."

한빈이 자신의 손바닥을 펴자 초아의 눈이 커졌다.

초아도 향로가 이렇게 생겼을 것이라고는 생각하지 못했던 것.

"저, 저게 진짜 향로라는 말인가요?"

"금제가 풀린 것으로 설명은 충분할 텐데!"

"그것 가지고는 설명이 되지 않아요. 향로를 쓰려면 분명히 삼황초가 있어야 하는데……."

"삼황초라면 이미 준비하고 있었지."

"자, 잠시만요. 삼황초를 이미 준비하고 있었다고요? 그럼 오늘의 일을 예견하시고 준비하신 겁니까?"

초아의 눈빛이 흔들렸다.

두려움이나 불신은 조금도 묻어 있지 않았다.

그것은 아주 원초적인 경외감이었다.

그때 누군가가 초아의 옆으로 다가왔다.

기척에 고개를 돌려 보니, 설화가 방긋 웃고 있었다.

"그걸 물어보셔도 우리 공자님은 대답해 주지 않으실 거예요."

"그게 무슨 말이지?"

"우리 공자님은 비밀이라고 하실 게 뻔하거든요. 그런데 제가 대신 대답해 드릴 수는 있어요. 미리 알고 준비하신 게 맞아요. 우리 공자님은 하북에서 생불이라 불리는 분이시거든요. 오죽하면 장운현의 와불이 하북으로 고개를 돌렸겠어요. 거기에……."

설화의 입술은 방아깨비가 날갯짓하듯 쉴 틈 없이 움직였다.

조금은 양념이 가미된 이야기에 청화도 고개를 갸웃할 정도였다.

하지만 초아의 눈은 점점 광채를 띠었다.

설화의 일장 연설이 끝나자 초아가 조심스럽게 말했다.

"우리 백경도 생불에 대한 이야기를 들은 적이 있어요. 그런데 너무 황당한 이야기라서 헛소문으로 치부했었죠. 누워 있던 불상을 앉게 만드는 것도 모자라 그 불상이 어딘가를 바라보게 만들었다는 얘기 말이에요."

"과장된 이야기를 들었군."

한빈이 아무렇지 않게 고개를 흔들었다.

이것은 진심이었다.

누워 있던 불상이 일어난 것은 한빈과 관계없는 일이었다.

그런데 장운현에서 백성을 구한 뒤로는 소문에 소문이 더해져 과장된 이야기가 만들어졌다.

어찌 보면 당연한 이야기였지만, 그 과장이 지나치다 보니 믿는 사람은 드물었다.

초아가 말했다.

"저는 오늘부로 결심했습니다."

"무슨 결심이지?"

"백경을 떠나겠습니다. 그리고 새로운 주군을 모시겠습니다."

"거길 왜 떠나?"

"네?"

초아가 눈을 크게 떴다.

한빈의 입에서 나온 대답은 상상을 벗어난 일이었다.

지금 떠올린 결심이지만, 백경을 떠나겠다고 하는 그녀의 마음은 진심이었다.

초아는 한빈이 당연히 그녀의 진심을 받아 줄 것이라고 생각했다.

그런데 일언지하에 거절당한 것이다.

그녀가 놀라고 있을 때 한빈이 말을 이었다.

"굳이 백경을 떠날 필요는 없어. 내가 거기로 갈 테니까."

"그, 그게 무슨 말씀이에요?"

초아의 눈이 커졌다. 오늘따라 그녀는 계속 말을 더듬고 있었다.

물론 그녀는 자신이 말을 더듬고 있다는 것조차 깨닫지 못했다.

"내가 백이 가지고 있는 배에 관심이 있거든."

"앗, 진심이십니까?"

"내가 거짓말할 사람처럼 보여?"

한빈이 상체를 기울이며 검지로 자신의 얼굴을 가리켰다.

초아가 당황한 표정으로 말을 이었다.

"그것은 불가능합니다. 주군이 진짜 생불이라고 하셔도 백경의 모든 세력과 대적할 수는 없습니다."

"누가 모두와 싸우겠대?"

"백을 죽이면 나머지 세력이 주군을 쫓을 겁니다."

"이게 있으면 얘기가 달라지지."

한빈이 품속에서 백색의 패를 꺼내 들었다.

그것은 백륜이었다.

백륜을 슬쩍 들어 보인 한빈이 말을 이었다.

"백륜이라는 물건이라더군."

"배, 백륜을 가지고 계십니까? 역시 주군이시군요."

초아의 입에서 주군이라는 말이 술술 나왔다.

생각하고 뱉은 호칭이 아니었다. 그냥 본능적으로 튀어나오는 호칭이 바로 주군이었다.

경외의 눈빛도 잠시, 초아가 고개를 들었다.

그녀의 시선에는 의문 한 줄기가 담겨 있었다.

"혹시 백륜의 발동 조건은 아십니까?"

"그것도 이미 충족했다. 혈후에게서 서명을 받았으니까."

"어, 잠시만요. 지금 혈후에게 서명을 받으셨다고 했습니까? 어떻게 그런 악마 같은 여인에게……."

"그냥 순순히 해 주더군."

한빈이 아무렇지 않게 말을 이었다.

하지만 초아의 눈동자는 마구 흔들렸다.

이제는 단순한 경외의 대상이 아니었다.

한빈은 생불이란 단순한 호칭으로 평가할 대상이 아니었던 것.

초아가 말했다.

"혈후가 주군의 진짜 정체를 알아보셨군요."

"진짜 정체?"

"북해에는 전설 하나가 있습니다. 제가 말씀드려도 될까요?"

"흠, 나도 궁금하군."

"그건 부처의 현신이 북해에 광명을 비춰 줄 것이라는 전설입니다. 그 광명으로 배고픈 자도 없어질 것이며 아픈 자도 없어질 것이라고 했습니다."

"처음 듣는 전설이지만, 그건 나와 관련이 없을 것 같다."

"아닙니다. 제가 보기에 주군은 부처의 현신이 맞아요. 제

목숨을 걸 수도 있어요. 혈후도 그걸 알아본 게 확실하고요."

초아가 고개를 숙였다.

강호 속담에 착각은 자유라는 말이 있다.

부정적인 착각이 아니라 한없이 긍정적인 착각이라면 굳
이 말릴 필요는 없었다.

혈후가 알아봤다는 말은 근본적으로 비슷할 수도 있었다.

한빈의 치밀함과 냉철함을 혈후가 알아본 것이라면 말이다.

한빈이 다시 말을 이었다.

"이걸로 선주 후보가 된 것인가?"

"네, 맞아요. 저희는 이제 새롭게 선주의 후보가 된 주군을
모실게요. 물론 주군이 오실 때까지 백경으로 돌아가서 기다
리고 있겠습니다, 주군."

초아는 한빈의 말을 잘 이해하고 있었다.

돌아가서 한빈의 도움이 되도록 첩자 역할을 하고 있겠다
는 말이었다.

한빈이 흡족하게 웃었다.

"그럼 부탁하지."

"네, 그 전에……."

초아가 말끝을 흐리며 다시 단도를 꺼냈다.

그녀는 단도를 두 손으로 한빈에게 바쳤다.

갑작스러운 상황에 한빈이 물었다.

"갑자기 무슨 짓이지?"

"주군이 바뀌면 신체의 일부분을 끊어야 합니다. 이건 북해의 풍습이지요."

"흠, 그런 풍습이 아직까지 있었나?"

한빈이 고개를 갸웃했다.

초아가 말한 풍습이 북해의 풍습인 건 맞았다.

백 년 전에 사라진 풍습.

새로운 주군 앞에서 자신의 신체를 끊어 바치는 것은 옛 주군과의 인연을 끝냈다는 선언이었다.

"백경은 옛것을 지키는 집단입니다."

"내가 끊으면 되나?"

"본래는 제가 선택해야 하지만, 이 몸은 이미 주군의 것. 제가 함부로 선택해야 할 문제가 아니라고 생각해요. 주군이 대신 끊어 주십시오. 떨어져 나간 제 살점은 백과의 악연이 될 것이고 남은 제 신체는 주군의 것입니다."

말을 마친 초아는 눈을 감았다.

순간 옆에서 지켜보던 그녀의 수하들이 마른침을 삼켰다.

풍습이라고는 하지만, 무를 숭상하는 북해의 무사들에게는 불문율이었다.

무조건 지켜야 하는 관습.

어떤 이는 한쪽 눈을, 어떤 이는 한쪽 팔을 잘라 낼 때도 있다고 들었다.

초아가 눈을 감자마자 한빈은 단도를 앞으로 뻗었다.

휙!

허공에서 파공성이 울린 후 한빈의 목소리가 이어졌다.

"이제 됐다."

"어?"

초아가 당황한 듯 고개를 갸웃했다.

파공성이 귓가에 울렸지만, 그 어떤 고통도 느껴지지 않았기 때문이다.

초아는 자신의 양손을 펴 봤다.

그러고는 얼굴을 만져 봤다.

어느 곳에도 상처가 없었다.

호기심 어린 탄성의 끝에 다시 초아가 말을 이었다.

"무엇을 잘라 내셨습니까?"

"여기 있다. 네가 직접 확인해 봐라."

한빈은 단도를 그녀에게 다시 건넸다.

단도를 건네받은 초아는 눈을 가늘게 떴다.

무슨 의미인지 찾기 위해서였다.

한참 동안 단도를 바라보던 초아의 눈이 커졌다.

단도의 표면에 머리카락 한 올이 바람에 살짝 흔들리고 있었기 때문이다.

"혹시 이게……."

"맞다. 그걸로 백과의 인연은 끊은 것으로 해라."

"대체 이건……."

"지금부터 조금의 전투력 손실도 인정하지 않는다."

"⋯⋯."

초아가 말이 없자 설화가 그녀의 귀에 얼굴을 들이댔다.

"그냥 알았다고 하세요. 원래 빈사부일체잖아."

"빈사부일체라고? 그, 그게 무슨 말이지?"

초아가 당황해서 묻자 설화가 조곤조곤 설명했다.

"우리 공자님하고 사부하고 부모님은 일체라는 거죠."

"그거 군사부일체 아니었니?"

"원래 빈사부일체예요. 빈은 우리 공자님의 이름의 끝을 딴 거고요."

당당한 표정의 설화 덕분에 초아는 일단 인정해야 했다.

"아, 그렇구나."

그들이 귓속말을 주고받을 때였다.

초아의 눈앞에 비단 주머니 하나가 불쑥 나타났다.

고개를 돌려 보니 한빈이 주머니를 흔들고 있었다.

한빈이 비단 주머니를 건네자 초아가 반사적으로 받았다.

"잠시만요. 이건⋯⋯."

초아는 고개를 갸웃했다.

방금 왔던 광개에게 한빈이 비단 주머니를 건넨 것을 떠올렸기 때문이다.

한빈이 아무렇지 않게 말했다.

"위험할 때 펴 봐."

"그럼 이건 제갈공명의 비단 주머니인가요?"

"뭐, 비슷하지."

"공명의 주머니라면 원래 세 개 아닌가요?"

"욕심이 많군. 너는 하나면 충분해. 그리고 그게 세 번째 비단 주머니다."

"세 번째라고요? 그럼 첫 번째와 두 번째는 어디 있나요?"

"아까 네 눈으로 보지 않았느냐?"

"혹시 개방의……."

"그래. 그게 두 번째 비단 주머니다."

"그렇군요."

초아는 조용히 고개를 끄덕였다.

첫 번째 비단 주머니에 관해서 묻고 싶었지만, 꾹 참았다.

대신 초아는 뒤쪽을 바라보며 눈짓했다.

동시에 뒤에 있던 초아의 수하들이 일제히 몰려와 포권한다.

"주군을 뵙습니다!"

같은 목소리로 외치는 그들의 모습에 한빈이 고개를 갸웃했다.

"초아만 나를 따르는 것이 아니었나?"

"제 밑에 있는 수하들은 저와 한 몸이에요."

초아가 수하들을 가리켰다.

그때 설화가 조용히 나섰다.

"언니들 환영해요. 그런데 제가 선배인 건 아시죠?"

"잊지 않으마."

초아가 설화를 보며 웃었다.

그것도 잠시, 초아가 고개를 숙였다.

"남들이 보기 전에 저희는 떠나야 할 것 같아요."

"그대로 가도 되겠느냐?"

"……."

초아가 고개를 갸웃했다.

한빈이 조그만 호리병 하나를 꺼냈다.

"자, 이걸 가져가거라."

"그게 뭔가요?"

"태산지룡의 내단."

"네?"

"빈손으로 가면 오해받을 수도 있지 않겠느냐? 혈후의 방해에도 태산지룡의 내단을 얻었다고 하면, 가서도 아무 일 없을 것이다."

"아!"

초아가 탄성을 질렀다. 그녀의 눈빛이 사방을 태울 것처럼 강렬해졌다.

긴 탄성의 뒤에 초아가 뭔가 생각났는지 다시 입을 열었다.

"참, 백을 상대하실 때 조심하셔야 할 게 있어요. 백경의 선주들은 남들이 모르는 마지막 한 수를 숨겨 놓는다고 들었어요."

"고맙다."

"제 말은 진짜예요. 그런데 그 한 수를 본 사람은 아무도 없어요. 그걸 본 사람들은 이미 세상에 없으니까요."

"그래, 그것도 알았다."

한빈이 고개를 끄덕이자 초아가 처음으로 미소 지었다.

지금 초아의 말은 사실일 것이 분명했다.

혈후와의 대결에서 그녀가 마지막 한 수를 안 썼다는 것을 알고 있었다.

그 한 수는 동귀어진의 수법일 터.

물론 이것은 느낌이었다.

원래 불길한 느낌은 틀리지 않는 것이 강호의 법칙.

혈후와 정면 대결을 벌였다면 목이 달아났을지도 모른다는 말이었다.

한빈의 표정을 본 초아가 다시 말을 이었다.

"혹시나 해서 드리는 말인데 마지막까지 안심하시면 안 돼요. 선주가 가지고 있는 마지막 한 수는 중원의 무공을 아득히 뛰어넘는다고 들었어요. 마치 주군의 무공처럼요."

"알았다."

한빈이 고개를 끄덕이자 초아가 조용히 돌아섰다.

다른 이들의 눈에 띄어서 좋을 것이 없다는 것을 알고 있기 때문이다.

초아 일행은 한빈의 앞에서 바람처럼 사라졌다.

그들이 사라지자 설화가 고개를 갸웃하며 물었다.

"공자님, 궁금한 게 있어서 그러는데요."

"무엇이냐?"

"진짜 북해의 마을이 사라졌어요? 아무리 생각해도 이해가 안 돼서 그래요. 그 넓은 북해를 다 조사하기에는 너무 시간이 촉박하잖아요. 거기에 북해 쪽은 전서구가 힘을 못 쓰는 곳이기도 하고요."

"예리하구나."

한빈이 흡족한 표정으로 고개를 끄덕였다.

설화의 지적은 실로 날카로웠다.

"북해에 있는 마을 이름을 알아내는 것은 그리 어렵지 않았지. 하지만 그 마을이 어찌 되었는지는 정확히 알 수 없었다."

"그런데 그 명단은 어떻게 나온 거예요?"

"백경이 다녀간 몇몇 마을이 없어진 건 사실이니까."

"그럼 초아 언니나 다른 무사 언니들의 마을은요?"

"그야 나도 모르지."

"네? 그럼 광개 아저씨가 거짓말한 거예요? 그것도 개방의 분타주가요?"

설화가 눈을 크게 떴다.

아무리 친분이 있어도 개방의 분타주가 거짓 정보를 흘린다는 것은 말도 되지 않았다.

그 모습에 한빈이 피식 웃었다.

"개방의 분타주는 여전히 거짓말을 하지 않았다."

"그럼 어떻게 된 거예요?"

"북해의 거지들이 잘못된 정보를 건넨 거지."

"흠, 이해가 잘……."

"북해의 거지들은 하오문에서 흘린 정보를 그대로 받아서 개방의 분타에 넘겼다. 추워서 돌아다니기가 싫었던 게지."

한빈이 미소 짓자 설화가 두 손으로 얼굴을 비볐다.

그러고는 담장 너머를 조용히 봤다.

초아와 그녀들이 사라진 곳이었다.

잠시 그곳을 바라보던 설화가 다시 물었다.

"그럼 태산지룡의 내단은 진짜겠죠?"

"내가 백이라는 자에게 진짜를 줄 것 같으냐?"

"헉, 그럼 초아 언니는 어떻게 해요?"

"그래서 비단 주머니를 주지 않았느냐."

"아."

설화가 입을 벌린 채 담장 너머와 한빈을 번갈아 보다가 다시 물었다.

"그런데 첫 번째 비단 주머니는 대체 누구한테 준 거예요? 아무리 생각해도 기억나지 않아요."

"과연 누굴까? 맞히면 당과를 원 없이 먹게 해 주지."

"여기서요?"

"파는 곳이 없으면 만들어라도 먹게 해 줄 테니 맞혀 봐라."

"흠, 아무리 생각해도 모르겠어요."

설화가 볼을 부풀린 채 주변을 둘러봤다.

하지만 단서는 어느 곳에도 없었다.

❧

초아와 그녀의 수하들은 일단 백독문을 나왔다.

이렇게 서두르는 데는 이유가 있었다.

그녀들이 며칠 전 보낸 구조 신호 때문에 다른 백경의 무사들이 도착할 때가 되어서였다.

달려가는 도중 자청이 물었다.

"아까 주군이 한 말이 사실일까요?"

"인정하고 싶지만, 주군의 말은 사실이 분명해."

"그럼 우리는 돌아갈 곳이 없는 거 아닌가요?"

"백경에 들어올 때부터 고향으로 돌아간다는 선택지는 없어진 거지."

"아, 그럴 수도……."

자청이 시무룩한 얼굴로 말끝을 흐리자 초아가 눈을 빛냈다.

"다행히도 이제는 돌아갈 곳이 생긴 것 같구나."

"그게 무슨 말이에요?"

"……."

초아는 조용히 뒤를 돌아봤다.

그곳은 그녀가 방금 떠나온 백독문이 있는 방향이었다.

그 뜻을 알아챈 자청이 조용히 고개를 끄덕이자, 나머지 수하들도 의미심장한 표정을 지었다.

그때였다.

그들의 주변으로 차가운 광풍이 몰아쳤다.

휘리릭.

이어서 백색 신형이 무더기로 나타났다.

초아의 앞에 나타난 자들은 그녀와 같은 복장을 입고 있었다.

초아가 예상했던 대로 다른 백경의 무사들이 도착한 것.

그중 하나가 한 발 앞으로 나와 물었다.

그녀는 초아와 비슷한 매듭을 달고 있었다. 초아와 같은 등급의 조장이라는 말이었다.

그녀가 입꼬리를 살짝 올리며 말했다.

"구조 신호를 보낸 것을 보면 당했나 보네."

"혈후가 왔으니 당하는 것도 당연하지. 너 같으면 감당할 수 있었을까?"

"혈후가 왔다고?"

상대는 놀란 듯 초아를 바라봤다.

잠시 둘은 눈싸움을 시작했다.

보이지 않는 기세 싸움은 한동안 이어졌다.

그것도 잠시, 상대가 말을 이었다.

"혈후를 만난 것치고는 멀쩡하군."

"내가 너보다는 강하니까."

"입만 살았군."

"입만 산 건 아니야. 나는 임무도 완수했어. 보여 줄까?"

"그건 배로 돌아가서 직접 보고해."

"그렇게 하지. 그런데 너희도 빈손인 것 같군."

"청운사신과 적룡대협을 막 잡으려는 순간, 방해꾼이 나타났지 뭐야."

"방해꾼이라고?"

"네가 보낸 구조 신호."

"음."

"돌아가서 나도 솔직히 이야기할 거야."

"혹시 너는 내가 누굴 만났는지 알고 있어?"

"혈후를 만났다면서. 무슨 말을 하고 싶은데?"

"청운사신과 적룡대협이 이곳에도 있었어. 과연 누가 진짜일까? 이곳에 있는 자들이 진짜였다면 너희는 가짜를 쫓은 게 되겠지."

초아의 말에 상대의 표정이 구겨졌다.

그들의 기세 싸움은 어찌 보면 당연했다.

상대와 초아는 백경 내에서도 경쟁자였다.

초아는 이곳에 오기 전 그들에게 한빈에게 들었던 이야기를 털어놓을까도 고민해 봤다.

하지만 결론은 비밀을 유지한다였다.

상대나 초아나 같은 처지지만, 북해의 마을이 사라졌다는 사실을 믿어 줄 리가 없었다.

초아는 믿을 만한 증거들을 두 눈으로 확인했지만, 그것을 모두 상대에게 전달할 수는 없었다.

다시 기 싸움을 펼치던 초아가 턱짓했다.

이제 떠나자는 이야기였다.

혈후라는 이름이 나온 순간 그녀들이 할 일은 없었다.

소림사가 있는 하남과 무당파가 있는 호북의 경계선에 있는 소운현.

이곳은 하남과 호북을 잇는 관도의 중앙에 있는 관계로, 상업이 발달한 도시였다.

그 도시에 잘 차려입은 상인과 추레한 노인 하나가 나란히 걷고 있었다.

노인의 복장은 개방도라고 해도 믿을 정도로 초라해 보였으며 머리가 없는 것이 추워 보이기까지 했다.

누가 보면 부유한 상인이 거지에게 선심을 쓰는 모양새로 보일 정도였다.

하지만 둘의 표정은 예상과는 정반대였다.

거지 노인은 실실 웃고 있지만 부유한 상인은 얼굴에 오만 상을 피워 내고 있었다.

거기에 거지 노인을 피하려는 듯 빠른 걸음으로 걷고 있었다.

부유한 상인이 걸음 속도를 높이자, 거지 노인은 앞서가려는 그의 소매를 잡았다.

거지 노인의 손에서 청명한 기운이 나와 부유한 상인의 소매 쪽으로 스며들었다.

순간 부유한 상인이 반사적으로 소리를 질렀다.

"악!"

"왜 그렇게 놀라나?"

"진기를 흘려보내시니 제가 안 놀라고 배깁니까?"

"그런데 대답할 때마다 왜 자꾸 악이라고 외치나?"

"제 성이 악가라서 그렇습니다."

"그건 알지만, 성으로 대답하는 게 웃기다고 생각하지 않나?"

"전혀 웃기지 않습니다."

부유한 상인은 고개를 저었다.

그는 다름 아닌 악필승이었다.

노인이 흘려보내는 진기가 몸을 관통할 때마다 정신이 번쩍 들었다.

그와 동시에 자신도 모르게 천수장의 훈련 때 외치던 구호가 저절로 튀어나왔다.

악필승은 조용히 거지 노인을 바라봤다.

그의 눈빛에는 복잡한 감정이 담겨 있었다.

경외감, 두려움, 존경심 등. 하지만 그중 가장 강하게 드러난 것은 귀찮은 감정이었다.

악필승은 머리를 긁적이더니 조용히 걷기 시작했다.

그때 거지 노인이 다시 말을 이었다.

"숨겨 놓은 금송아지라도 있는 겐가?"

"앗, 어르신! 왜 자꾸 괴롭히십니까?"

"내가 언제 괴롭혔다고 그러나?"

서로 질문만이 오가는 상황.

악필승이 허탈한 표정으로 말을 이었다.

"자꾸 말을 시키니 힘이 들어서 그럽니다."

"그러고 보니 나도 말을 많이 해서 그런지 배가 고프군. 일단 끼니부터 해결하고 출발하세."

"그럼 이번 한 번만 근처 객잔에 들르시죠."

"약속이 틀리지 않는가? 분명 소림사를 떠나올 때는 자네 손으로 내게 삼시 세끼를 다 해결해 주겠다고 했어."

"아."

악필승이 머리를 감싸 쥐었다.

그가 진심으로 괴로워하는 부분이 바로 식사였다.

노인은 다른 음식에는 입도 대지 않았다.

오직 악필승이 한 음식에만 수저를 들었다.

악필승은 표정을 수습하고 노인을 바라봤다.

모든 것이 한빈이 준 비단 주머니 때문이었다.

그것 덕분에 임무를 완수할 수 있었지만, 동시에 비단 주
머니 때문에 이 모양 이 꼴이 되었다.

무림외사

한빈이 건네준 비단 주머니에는 무엇이 들어 있었을까?

악필승은 얼마 전 일을 떠올렸다.

그가 건네받은 비단 주머니에는 간략한 지시 사항과 요리의 목록이 들어 있었다.

또한 소림사의 뒤쪽 절벽 아래에서 목록의 요리를 하라고 되어 있었다.

덕분에 악필승은 등짐을 메고 험난한 산을 올라야 했다.

말이 소림사의 뒷산이지, 번화한 소림사의 정문과는 달리 인적이 드문 곳이었다.

가끔씩 멧돼지도 보였으며 밤이면 늑대가 울부짖는 숲이었다.

그런 이유로 소림사에서도 절벽 쪽은 경계하지 않았다.

악필승은 절벽 아래 도착했다. 절벽의 끝은 하늘과 맞닿아 있을 정도로 높았다.

사람의 능력으로는 오를 수 없는 절벽이었다.

악필승은 지시대로 절벽 아래 불을 피우고 요리를 시작했다.

요리는 그리 어렵지 않았다.

악필승이 자신 있어 하는 요리가 대부분이었다.

요리 목록에는 한 가지 특징이 있었다.

바로 고기가 들어가지 않은 요리라는 점이었다.

고기가 들어가지 않은 야채로만 요리한다는 것을 제외하고는 평범한 요리였다.

가지와 콩을 볶아 고기의 맛을 내는 팔장육.

야채를 튀긴 자소채 등 그동안 갈고닦아 왔던 요리 실력을 이곳에서 뽐냈다.

아무도 없는 곳에서 요리를 하기에 악필승은 자신이 먹을 만큼의 양만 만들었다.

악필승은 바람 소리와 달빛을 벗 삼아 요리를 하면서 그동안 치열했던 삶을 돌이켜 봤다.

그 기억 속에 가장 많이 떠오른 것은 바로 한빈의 모습이었다.

악연이라면 악연이고, 기연이라면 기연이었던 만남.

결론적으로 말하면 기연이었다.

산에서 홀로 노숙하면서 요리를 할 수 있는 기회가 흔하던가?

강호에 몸을 담고 나서는 처음 누려 보는 여유였다.

악필승은 이것도 기연이라고 생각하고 조용히 요리에 열중했다.

악필승은 몇날 며칠을 그렇게 요리에만 열중했다.

그러던 중 악필승은 의문을 가졌다.

아무리 생각해도 자신의 행동에 의미가 없는 것 같아서였다.

그때 절벽 위에서 웃음소리가 들려왔다.

그 뒤 나타난 것이 바로 눈앞의 노인이었다.

노인은 일지대사가 분명했다.

무림삼존 중에서도 첫 번째로 꼽히는 인물이 바로 일지대사였다.

과연 어떤 이가 일지대사 앞에서 고개를 조아리지 않을 수 있을까.

일개 촌부로서는 감히 입에 담을 수도 없는 이름이 바로 일지대사였다.

하지만 지금은 그저 귀찮은 노인에 불과했다.

이곳까지 오는 동안 삼시 세끼를 악필승이 모두 책임져야 했으며 때때로는 간식까지 바쳐야 했다.

거기에 몰골은 어떠한가?

얼핏 보기에는 개방의 거지라 해도 믿을 정도로 추레했다.

하지만 상대가 일지대사라는 것을 떠올리는 순간 악필승은 몸이 굳었다.

한마디로 귀찮으면서도 두려운 상대였다.

노승을 바라보던 악필승은 한숨을 쉬었다.

"휴."

"왜 그리 한숨을 쉬나?"

노승이 바로 반응했다.

그가 고개를 갸웃하자 악필승이 어깨를 파르르 떨었다.

"너무 힘듭니다. 이렇게 무당산까지 가는 것도 힘들지만, 삼시 세끼를 내 손으로 해야 하는 것도 힘듭니다."

"자네는 몇백 명의 끼니를 책임졌다고 하지 않았나? 나는 자네의 요리 때문에 오십 년 면벽을 깼네. 그럼 그만한 보상은 있어야 하지 않나?"

"제 요리 때문에 오십 년 면벽을 깨셨다는 게 진짜입니까?"

악필승이 미간을 좁히며 물었다.

아무리 생각해도 이해가 안 가는 부분이었다.

무림삼존 중 하나인 일지대사가 근래 들어서는 모습을 보인 적이 없었다.

하지만 그가 면벽 수련을 하고 있었다는 소문 또한 없었다.

더욱이 오십 년이라니!

생각지도 못한 기간이었다.

악필승은 아마도 상대가 자신을 옥죄기 위해 과장해서 말하는 것이라고 생각했다.

악필승의 표정을 본 고승이 말했다.

"자꾸 의심하는 것을 보니 서운하군. 자네는 내 얼굴을 봤다는 사람을 들어 봤나?"

"뭐, 그건 그렇습니다."

악필승은 고개를 끄덕였다.

근래뿐 아니라 오래전에도 일지대사의 얼굴을 본 이는 아무도 없었다.

오죽하면 삼존 중 하나인 마교의 교주보다 더 보기 힘들다는 것이 일지대사의 존안이 아니던가?

고승이 다시 입을 열었다.

"그러니 내가 면벽 수련을 하고 있었다는 것은 사실이지."

"이해가 안 되는 게 하나 있습니다. 어떻게 오랫동안 모습을 보이시지 않은 겁니까?"

"자네는 숭산 아래 이름 없는 나무를 일일이 기억하는가?"

"제가 천재도 아니고 길가에 자란 나무를 어떻게 기억합니까?"

"그동안 나는 이름 없는 한 그루의 나무가 되도록 노력했다네!"

"네?"

악필승이 고개를 갸웃하자 노승이 미간을 좁혔다.

"내 말을 의심하는 겐가?"

"아, 아닙니다. 어찌 제가 일, 아니 대사님 말에 반박하겠습니까?"

악필승은 재빨리 손을 흔들었다.

그를 무당까지 안내하는 것은 악필승의 의무.

일지대사의 무당행에는 두 가지 조건이 있었다.

일지대사의 신분을 감추는 것과 악필승이 그의 끼니를 책임지는 것이었다.

악필승은 그 두 가지 임무를 충실히 이행하고 있었다.

"그래?"

"네, 그렇습니다."

"그럼 빨리 음식이나 준비해 오게."

"여기서요?"

"배고파서 못 참겠네. 그러니 어서 준비하게."

노승은 아예 드러누울 것처럼 억지를 부렸다.

"아무리 그래도 여기에서……."

주위를 둘러본 악필승은 말끝을 흐렸다.

이곳은 사람들이 지나다니는 돌다리 위였기 때문이다.

아무리 배가 고파도 이곳에서 자리를 깔고 상을 차리라는 것은 말도 되지 않았다.

순간 노승이 눈을 가늘게 떴다.

가늘게 뜬 눈에서 안광이 번쩍하고 흘러나왔다.

악필승은 이제 상대가 누군지를 똑똑히 깨달았다.

아무렇지 않게 농을 주고받는 사이라지만, 상대는 일지대사였다.

귀찮음보다 이제 두려움이 악필승의 몸을 지배했다.

죽으라고 하면 죽는 척이라도 해야 했다.

이것은 강호에서 수많은 역경을 헤치고 나온 악필승의 본능이었다.

악필승은 재빨리 등짐을 내려놨다.

그러고는 요리 도구를 하나씩 꺼냈다.

덜컹이는 소리에 사람들이 하나둘씩 고개를 돌렸다.

악필승이 가장 힘들어하는 것이 바로 이런 상황이었다.

눈앞의 노인네는 장소와 때를 가리지 않았다.

오십 년간의 면벽이 깨진 것이 모두 악필승 탓이라며 무당산에 도착할 때까지 노예처럼 부리려 하고 있었다.

악필승은 진지한 표정으로 비단 주머니를 건네던 한빈의 얼굴을 떠올렸다.

노승의 이야기가 진실이라면 한빈이 준 그 비단 주머니는 오십 년 면벽을 깰 비장의 수단이었다.

물론 악필승은 그 행동이 노승의 면벽 수련과 관련 있는지 꿈에도 몰랐다.

알았다면 한빈의 지시라도 고민해 봤을 것이다.

한빈의 비단 주머니는 두 가지 작용을 했다.

노승의 면벽을 깨는 동시에 악필승을 그의 노예로 만들어 버린 것.

생각해 보니 한빈이 얄미웠다.

그것도 잠시, 악필승은 한빈을 다시 한번 떠올렸다.

일단 돌다리 위에서 요리를 해야 하는 이 상황은 벗어나고 싶었다.

한빈이라면 이 상황을 어떻게 벗어났을까?

그 생각이 드는 순간, 악필승은 짐을 꺼내던 손을 멈칫했다.

힐끔 옆을 보니 노승은 다리 아래를 구경하고 있었다.

악필승은 그때를 놓치지 않고 부싯돌을 품속에 숨겼다.

그러고는 재빨리 혼잣말을 뱉었다.

"어, 이거 큰일 났네. 이게 어디 있지?"

"허허, 왜 그러나?"

노승이 호기심 가득한 얼굴로 묻자 악필승이 말했다.

"부싯돌이 없습니다. 아무래도 당장 불을 붙일 수 없으니, 부싯돌부터 다시 구해 봐야겠습니다."

"허, 왜 부싯돌이 필요하단 말인가?"

"그야 당연히……."

악필승은 눈을 크게 떴다.

노승의 검지 끝에 불꽃이 일렁이고 있기 때문이었다.

단번에 불을 붙이는 수법이 아닌 신체의 한 곳에 양기를 극대화시켜서 불꽃을 형상화하다니!

악필승은 이것이 환상이 아닌가 의심해야 했다.

그가 입을 벌리고 있을 때 일지대사는 아무렇지 않게 화로에 검지를 갖다 댔다.

화르륵.

화로에 있는 장작이 금세 타올랐다.

환상이 아니라 진짜 불꽃이란 말이었다.

내공으로 불을 만들어 내는 삼매진화의 수법을 아득히 뛰어넘은 초식이었다.

악필승은 고승의 모습을 멍하니 보았다.

화로에 불을 붙인 후에도 검지의 불꽃은 꺼지지 않았다.

고승은 아무렇지 않게 검지를 입가로 가져가더니 입김을 불었다.

"후."

그 입김에 검지에서 타올랐던 불꽃이 완벽하게 꺼졌다.

악필승의 눈빛은 중천에 뜬 태양보다 더 빛났다.

지금의 한 수는 일지신공이 분명했기 때문이다.

소림의 무공 중 사라졌다는 상승의 무공.

달마의 가르침을 손가락 하나에 모아서 펼친다는 전설의 무공.

여기서 달마의 가르침이란 인간 세상의 삼라만상을 뜻한다. 조금 구체적으로는 극음과 극양의 기운을 손가락 하나에 모을 수 있다는 무공이었다.

일지대사는 일지신공을 완성하기 위해 열 손가락 중 아홉 개를 불태웠다는 소문이 있었다.

단 하나 남은 검지로 일지대사는 일지신공을 완성했으며 그 후 일지라는 별호로 불리게 된 것이다.

물론 손가락을 불태웠다는 사실을 확인할 수는 없었다.

악필승은 고승의 손을 바라봤다.

그의 왼손에는 붕대가 감겨 있었으며 오른손도 검지만 내놓은 채 붕대로 감추어져 있었다.

그의 손이 바로 일지대사란 증거였다.

악필승은 조용히 고개를 돌리고 음식을 만들었다.

오늘의 요리는 마파두부였다.

지나가던 이들은 돌다리 위에서 요리를 만드는 악필승을 보고는 고개를 갸웃했다.

하지만 그는 그런 시선을 신경 쓸 틈이 없었다.

머릿속에는 아직도 훨훨 타오르는 불꽃이 선했기 때문이다.

악필승은 완성된 요리를 그릇에 담아 일지대사에게 건넸다.

일지대사는 붕대로 칭칭 감긴 손으로 접시를 받더니 무릎 위에 올려놓고 하나 남아 있는 검지로 젓가락을 잡았다.

손가락은 하나밖에 없지만, 그가 쥔 젓가락은 마치 철 기둥 같은 기세를 피워 냈다.

그것도 잠시, 악필승은 붕대 안의 불타 없어진 손가락의 흔적을 생각하고 어깨를 떨었다.

그 모습에 일지대사가 물었다.

"음식부터 해야지, 왜 멀뚱거리고 있나?"

"아, 아닙니다. 대사님."

"눈빛이 그게 아닌데?"

"아닙니다."

악필승은 계속해서 고개를 저었다.

일지대사가 눈을 더욱 가늘게 떴다.

"혹시 일지신공이 탐나서 그러는 거 아닌가?"

"그게 무슨 말씀입니까? 제가 왜 소림의 무공을 탐냅니까? 벼락 맞을 소리는 하지 마십시오."

"허허, 원하면 가르쳐 줄 수도 있는데……."

"네?"

악필승이 눈을 크게 떴다.

짧은 시간이었지만, 악필승은 머릿속에 여러 가능성을 펼쳐 보았다.

그것도 잠시, 악필승은 고개를 휘휘 저었다.

"싫습니다."

"허허, 일지신공을 배울 기회를 차 버리겠다는 건가?"

"저는 분수를 아는 놈입니다."

악필승이 고개를 다시 저었다.

사실 지금 한 말 중 반 정도는 진심이었다.

악필승이 일지신공을 배우지 않으려는 이유 중 하나는 바로 나머지 아홉 개의 손가락을 태워야 할지도 모른다는 가능성 때문이었다.

아무리 고수가 되어도 신체가 저리 부자연스럽다면 요리를 하는 데 지장이 있을 것 같아서였다.

지금 일지대사의 모습을 보면 확실히 지장이 있었다.

먹는 것조차 부자연스럽지 않은가?

이것은 악필승이 꿈꾸는 말년이 아니었다.

악필승은 왠지 고승의 모습이 안쓰러웠다.

무공이 뭐라고 아홉 손가락을 일부러 태워서 이렇게 고생을 한단 말인가.

그때 고승의 입으로 가던 마파두부 하나가 젓가락에서 떨어졌다.

철 기둥 같은 기세를 피워 올리던 젓가락이지만, 부들부들한 마파두부는 감당하지 못했다.

악필승은 재빨리 자신의 젓가락을 뻗어서 떨어진 마파두부를 낚아챘다.

탁.

악필승 본인도 놀랐는지 눈을 크게 떴다.

얼마 전까지라면 생각도 못 할 수법이었다.

하북팽가를 떠나온 지 얼마 안 된 시간이지만, 악필승의 무공이 단기간에 올라간 것이었다.

놀람도 잠시, 악필승은 자신의 젓가락을 고승의 입에 가져 갔다.

갑작스러운 상황에 고승의 눈이 커졌다.

오물거리던 고승의 입술이 살짝 달싹였다.

"뭐 하는 건가?"

"드십시오. 손이 불편하니 자꾸 떨어뜨리는 것이 아닙니까?"

"언제는 힘들다 하더니만……."

"그것은 별개입니다. 드십시오."

악필승이 젓가락을 들이대자 고승이 입을 벌렸다.

그때부터였다.

고승은 아무렇지 않게 악필승이 먹여 주는 마파두부를 오물거렸다.

접시를 다 비운 고승이 신기하다는 듯 악필승을 바라봤다.

"내가 동정을 받는 것은 오랜만이군."

"아닙니다. 제가 어찌 대사님을……."

"탓하려는 것이 아닐세. 자네의 주군이란 자가 참으로 궁금하구먼."

"제 주군이 궁금하다고요?"

악필승이 눈을 크게 떴다.

생각해 보니 일지대사는 악필승 자신은 물론이요, 그의 소속에 대해서도 묻지 않았다.

무당산으로 함께 가자는 악필승의 말에 여기까지 말없이 동행했다.

물론 아예 말이 없었던 것은 아니었다.

밥 달라는 요청은 시도 때도 가리지 않았으니까.

생각해 보면 악필승도 상대의 신분에 대해서는 묻지 않았다.

천애 절벽을 타고 내려오는 모습과 하나밖에 없는 손가락을 보고서 당연히 일지대사라고 생각했다.

상대도 무당산까지 가자는 악필승의 말에 고개를 끄덕였다.

대신 오십 년 면벽이 깨진 것을 책임지라고만 했다.

과연 상대는 일지대사가 맞을까?

악필승은 늙은 중을 다시 한번 바라봤다.

그와 눈이 자연스럽게 마주쳤다.

순간 악필승은 어깨를 파르르 떨었다.

잠시 눈이 마주친 것만으로 그의 기세에 눌린 것이다.

악필승은 단번에 의구심을 떨쳐 냈다.

일지대사가 아니고서는 이런 분위기를 흘릴 수가 없었다.

당황한 악필승의 모습에 일지대사가 모처럼 인자한 미소를 입가에 그렸다.

"하하, 당황하지 말게나. 자네와 같은 걸출한 인물을 품었으니 말일세. 전생에 말도 안 되는 선을 쌓았을 게야."

"지금 농담하시는 거죠? 대사님."

악필승은 딱 잘라 말하며 고개를 저었다.

지금 악필승이 당황하는 부분은 두 가지였다.

첫째는 자신보고 걸출하다는 고승의 평가였다.

아무리 생각해도 자신은 걸출함과는 거리가 멀었다.

음계가 난무하는 무림에서 버티기에는 너무 세상을 몰랐으며, 무공 또한 미천했다.

물론 이런 부분을 깨쳐 준 것은 한빈이었다.

한빈을 만나 강호의 음험함을 알았으니 말이다.

두 번째는 주군으로 모시기로 한 한빈이 전생에 선을 쌓았을 것이라는 말 때문이다.

아무리 생각해도 한빈은 선과는 거리가 멀었다.

전생에 악업을 쌓았다면 모를까.

절대 선행을 쌓았을 리는 없었다.

이런 악필승의 속마음을 아는지 모르는지 고승의 눈빛이 그윽해졌다.

"농담이 아닐세."

"말도 안 되는 칭찬을 곧이곧대로 받아들일 만큼 어수룩하지는 않습니다."

악필승이 고개를 젓자 고승이 다시 말을 받았다.

"왜 말이 안 된다고 생각하는가? 원래 강호 사람들은 동경을 멀리한다더니 자네도 그런 것인가?"

"흠."

악필승이 재빨리 고개를 돌렸다.

표정 관리가 되지 않아서였다.

원래 사람은 스스로를 모른다는 것을 동경에 빗대어 한 말이었다.

이렇게 선문답을 주고받는 일 자체가 악필승을 높이 평가한다는 증거였다.

악필승은 표정을 수습하고 말을 이었다.

"다른 건 모르겠지만, 걸출하다는 말과 저는 거리가 멀다고 생각합니다."

"허허, 아예 믿지를 않는구먼. 만류귀종의 이치를 깨친 것은 물론이고 측은지심을 몸소 실천하는 것을 보면 자네는 성현의 말씀을 귀가 닳도록 들었을 것이야. 그리고 요리 또한……."

고승이 쉴 틈 없이 칭찬을 늘어놓자 악필승의 고개가 점점 기울어졌다.

아무리 생각해도 이해가 안 되었기 때문이다.

그는 고개를 갸웃하다가 자신의 손을 바라봤다.

"제, 제가 만류귀종의 뜻을 이해하고 있다는 게 사실입니까?"

"동작 하나하나에 무공의 흔적이 나오는 것을 보면 당연하지 않은가?"

"제가요?"

악필승이 이해가 안 된다는 듯 일지대사를 바라봤다.

"나는 자네가 요리할 때부터 출신을 알아봤네. 하하."

고승이 활짝 웃자 악필승이 떨리는 목소리로 물었다.

"제 요리를 보고 제 출신을 알아냈다는 게 사실입니까?"

"당연하지 않은가? 칼질 하나, 국자를 젓는 동작 하나에 만류귀종의 이치가 녹아들었으니 말이네. 자네가 숙수인 척하고 있지만, 자네의 손바닥이 출신을 속이지 못하는 것처럼 말일세."

"제 손바닥이라면……."

악필승은 자신의 손바닥을 바라봤다.

그의 손바닥에는 굳은살이 박여 있었다.

일지대사가 다시 말을 이었다.

"하루 이틀이 아닌 수십 년간에 걸쳐서 단련된 듯한 굳은살이지. 마치 오랫동안 봉을 잡은 무승의 손과도 같구먼."

"이건……."

악필승의 표정이 살짝 바뀌었다.

그의 시선은 손바닥 안에 자리 잡은 굳은살에 고정되었다.

지금 눈에 보이는 굳은살은 천수장에서 만들어진 것이다.

그런데 몇십 년 동안 만들어진 결과라니!

악필승이 호기심을 이기지 못하고 물었다.

"그래서 제 출신이 어디라고 생각하십니까?"

"개방 아닌가?"

"네? 개방이요?"

"자네는 분명히 구걸십팔보를 익히지 않았나?"

"음."

악필승이 일지대사를 보고 침음을 삼켰다.

뭔가 일이 꼬인 듯한 느낌이 들었다.

갑자기 신뢰라는 단어가 무너졌다.

구걸십팔보를 익힌 것을 맞힌 것까지는 대단하다고 할 수 있지만, 갑자기 개방이라니!

"구걸십팔보를 익혔으니, 자네는 개방의 제자가 아닌가?"

"맞긴 맞습니다만은……."

악필승이 말끝을 흐렸다. 다시 생각해 보니 개방의 제자가 맞긴 맞았다.

물론 한빈과 쓴 계약서 때문에 임시로 개방의 제자로 인정받고 있는 것뿐이지만 말이다.

그때 고승이 다시 말을 이었다.

"손에는 하북의 칼자국도 보이고 도가의 심법을 익힌 흔적도 있군."

"도가의 흔적이라니요?"

"호흡이 그렇다는 거니 신경 쓰지 말게. 그러니 자네의 주군이 궁금하다는 게지."

"저는 하북팽가에서 칼밥을 먹고 있는 무인입니다."

"그럼 가주의 밑에 있겠군. 지금 가주라면……. 팽무극?"

"그건 전대 가주이고 지금 가주는 팽강위 대협이십니다."

"흠, 낯선 이름이군."

고승은 수염을 쓸어내리며 북쪽을 바라봤다.

현기가 넘치는 행동이었지만, 그의 말 한마디 한마디는 묘하게 불안감을 가져다주었다.

하북팽가의 지금 가주를 모르는 무림인이 있단 말인가?

아무리 생각해도 믿지 못할 상황이었다.

"그리고 가주가 아니라 팽가의 사 공자 밑에 있습니다."

"허, 가주가 아니라 넷째의 밑에 있다고?"

고승은 이해가 안 간다는 듯 고개를 갸웃했다.

그 모습에 악필승이 말을 이었다.

"왜 그러십니까?"

"자네처럼 뛰어난 무인이 고작 직계, 그중에서도 넷째의 밑에 있다는 것이 이해가 안 돼서 그러지. 내가 오십 년 동안 면벽을 하는 동안에 강호가 얼마나 바뀐 것인지 모르겠군."

"잠시만요. 아까부터 계속 오십 년이라고 하시는데, 그게 무슨 말입니까?"

"오십 년 면벽을 한 게 이상한가?"

"이상하지요. 출가한 분의 나이를 따지기는 뭐하지만, 대사님의 나이는 예순 정도로 알고 있습니다."

"누가?"

"대사님의 나이가요."

"누가 내 나이를 예순이라 하는가?"

"그럼 예순하나요?"

"아니, 말도 안 되는 소리를!"

"서, 설마……."

"뭐가 설마인가?"

"혹시 당신은 소림의 일지대사 님이 아니신가요?"

"내가 일지대사라고?"

"자, 잠시만요. 스님."

악필승은 얼마나 놀랐는지 호칭까지 바꾸어 불렀다.

상대가 일지대사라는 생각에 대사님 대사님 하면서 극존칭을 썼는데, 일지대사가 아니라고 하자 일시에 생각이 멈췄다.

악필승이 힘겹게 입을 열었다.

"일지대사가 아니라면 당신은 대체 누구입니까?"

"그건 비밀이네만은……."

고승이 기분 좋게 입꼬리를 올렸다.

❦

그날 저녁.

날짜로 치면 오늘이 백독지회의 마지막 날이었다.

한빈 일행은 날이 밝으면 백독문을 나서 무당산으로 떠나야 했다.

서두르지 않으면 영웅 대회에 늦을 것이 분명했다.

하지만 오늘 하루만은 그동안에 쌓였던 피로를 풀어야 했다.

적혈맹호대를 비롯해서 한빈의 주변 인물들의 눈 밑에는 피로의 흔적이 짙게 묻어 있었다.

백독지회의 마지막 날 행사가 열릴 이곳 가주전에는 한빈 일행과 백독문의 가주를 비롯한 독인들의 수장들이 나와 있었다.

한빈 일행을 바라보는 그들의 눈빛에는 꿀이 뚝뚝 떨어지는 상태.

그중 가장 눈을 빛내고 있는 것은 다름 아닌 백주천이었다.

백주천의 부담스러운 시선에 한빈이 손을 내저었다.

"백 문주님, 시선이 조금 부담스럽습니다."

"자네 일행이 아니었다면, 이곳에서 연회가 아닌 제사상이 차려질 뻔했네. 그 어떤 보답으로도 이 은혜는 갚을 수 없네."

"괜찮습니다. 은혜라고 생각하면 나중에 천천히 계약 내용만 이행해 주시면 됩니다."

"그건 걱정하지 말게."

활짝 웃은 백주천은 한빈의 옆에 있는 소군을 바라봤다.

백주천이 보기에 소군은 이들 중 가장 평범했다.

신통력 같은 무공을 쓰는 하북팽가의 사 공자.

그 옆을 보좌하는 백색 무복의 설화.

그리고 공독지체를 이룬 청화.

이들을 보다 보니 소군은 평범한 아이처럼 보였다.

백주천은 소군에게 다가갔다.

그의 손에는 조그만 상자 세 개가 들려 있었다.

금빛 상자와 은색 상자 그리고 평범한 흙빛 상자가 하나씩 있었다.

백주천은 허리를 굽히고 소군과 눈을 맞췄다.

"골라 보아라. 이건 할아비가 주는 선물이다."

"선물이요?"

소군이 눈을 반짝이며 백주천의 손에 있는 조그만 상자를 바라봤다.

하지만 소군은 손을 내밀지 않았다.

그저 눈만 반짝이며 상자를 바라보고 있을 뿐이었다.

소군이 망설이는 듯하자 백주천이 말을 이었다.

"다 가져도 좋다."

"아니에요. 저는 이것만 가질래요."

소군이 선택한 것은 흙빛 상자였다.

백주천이 호기심 어린 표정으로 소군을 바라봤다.

"이것이면 충분하겠느냐?"

"저는 충분해요."

"금 상자와 은 상자도 있었는데 하필이면 가장 볼품없는 상자를 골랐느냐?"

"볼품없는 물건이 기연을 숨기고 있을 가능성이 크거든요."

"허허, 이것 참……. 희한한 대답이구나. 나머지 상자도 모두 네 것이란다."

"아니에요. 나머지는 언니들 주세요."

소군은 설화와 청화를 가리키며 흙빛 상자를 품에 갈무리했다.

그녀의 마음은 진심이었다.

힘을 풀풀 피워 내는 천마신교에 비해서 이곳 중원에는 힘을 숨긴 자들이 너무 많았다.

힘을 숨긴 자들 중 대표적인 인물이 바로 한빈이었다.

선함뿐 아니라 악함도 숨기고 있었으며 약함뿐 아니라 강함도 숨기고 있었다.

옆에서 지켜봤지만, 아무리 생각해도 한빈의 진짜 정체는 알 수 없었다.

소군의 내심과는 관계없이, 옆에서 지켜보던 시선은 더욱 부드러워졌다.

독하디독한 독인들만의 세계에서 소군처럼 심성이 고운 아이는 처음 봤기 때문이다.

좋은 것만 보고 좋은 것만 먹고 자라난 온실 속의 화초 같은 느낌이 들었다.

물론 이건 백주천의 착각이었다.

소군은 마교에서 자라 온 아이였다.

마성이 폭발하면 가장 위험한 인물이 된다.

한빈 곁에 있으면서 마성을 다스리고 있지만 말이다.

백주천의 푸근한 미소 끝에, 밖에서 징 소리가 들려왔다.

백독지회의 마지막 행사를 알리는 신호였다.

백독지회의 만찬이 시작되자 백주천이 상석에 자리했다.

백주천이 자리를 잡자 나머지 독인들이 차례대로 자리에 앉았다.

한빈은 그들을 조용히 바라봤다.

백독지회의 마지막 날은 중요했다.

이 자리에서 최고의 독인을 뽑기 때문이었다.

물론 수장을 뽑는 것은 아니었다.

독인들을 통솔할 수장과는 별도로 그들의 우상을 뽑는다.

모두 자리에 앉자 백주천이 입을 열었다.

"지금부터 백독지회의 마지막 연회를 시작하겠소이다. 오늘 우리가 여기 모일 수 있는 것은 어찌 보면 행운이라……."

백주천의 인사를 시작으로 연회는 시작되었다.

처음에는 간단한 인사말로 시작했지만, 이번 사태에 대한 심각성을 외치며 끝을 맺었다.

독인들의 단합을 역설하며 앞으로 중원에서 힘을 키우자는 것이 요지였다.

그와 더불어 하북팽가에 고마움도 전했다.

백주천은 자리에 앉기 전에 조용히 어딘가를 바라봤다.

하북팽가의 무사들이 모여 있는 자리였다.

그의 말이 끝나자 팽혁빈이 자리에서 일어나 가볍게 포권했다.

"이렇게 자리에 초대해 주셔서 감사합니다, 무림 동도 여러분. 저희가 힘을 보탠 것은 무림 동도로서 당연히 해야 할 일이었다고 생각합니다."

"아니요. 정파인 하북팽가가 우리 독인들을 구해 줄 줄은 몰랐소이다. 이 은혜는 잊지 않겠소."

백주천도 마주 포권했다.

그와 동시에 다른 독인들도 자리에서 일어났다.

그들은 약속이라도 한 듯이 복창했다.

"잊지 않겠소이다."

"잊지 않겠소."

"우리 적혈문도 마찬가지요."

돌림노래처럼 이어지는 그들의 목소리에 팽혁빈은 한참 동안 포권한 채 인사를 받아야 했다.

팽혁빈이 자리에 앉자 음식이 나왔다.

하북팽가의 식솔들이 나란히 앉은 탁자 위에는 다른 독인들의 음식과는 달리 커다란 접시가 나왔다.

그 접시는 은색 뚜껑으로 덮여 있었다.

한빈을 제외한 모두가 긴장한 눈으로 접시를 바라봤다.

그중 가장 긴장한 것은 팽혁빈이었다.

독인들과 덕담을 주고받은 것이 조금 전이었다.

하지만 이곳이 백독지회의 만찬이라는 것이 문제였다.

백독지회의 만찬은 팽혁빈도 알고 있었다.

백독지회의 만찬에서는 독공을 키워 줄 희한한 음식이 나온다고 들었다.

음식에 각지에서 가지고 온 독을 섞는 것이다.

여러 독을 섞어 음식에 넣고 그것을 맛보는 것이 백독지회의 백미였다.

독인들, 그중에서도 수장들만이 누릴 수 있는 호사였다.

물론 팽혁빈의 경우는 예외였다.

그는 긍지 높은 십대세가의 무인이지, 독인이 아니었다.

이곳에서 만찬을 대접받는다고 해서 이로울 것이 없었다.

어찌 보면 부담스러운 대접이었다.

사실 팽혁빈은 연회가 시작되기 전에 급구 사양했다.

하지만 백주천에게 돌아온 대답은 해약이 있으니 안심하라는 말이었다.

해약이 있다고 해서 순순히 독이 든 만찬을 먹는 무인은 강호에 없다.

팽혁빈은 일단 자리를 피하고 싶었다.

접시를 덮은 은색 뚜껑을 만지던 팽혁빈이 한빈을 바라봤다.

"아우야, 아무래도 내게는 무리 같구나."

"왜 그러십니까? 형님."

"갑자기 아랫배가 살살 아파서 그러는데, 나머지 행사는 네가 좀 진행해 줬으면 한다."

"죄송합니다, 형님."

"자, 잠시만, 지금 뭐라 했느냐?"

"죄송하다고 말씀드렸습니다. 형님은 자리에 남아 계셔야 합니다."

"흠, 아픈 사람을 모른 척하다니 매정하구나."

팽혁빈이 한빈과 접시를 번갈아 봤다.

한빈은 아무렇지 않게 새끼손가락을 들어 올렸다.

"지난번에 약속하지 않았습니까?"

"내가 무슨 약속을 했다고 그러느냐?"

"지난번에 제가 대접하는 음식은 모두 드시기로 하지 않았습니까?"

"언제 내가 그런 허무맹랑한 약속을 했다고 그러느냐?"

팽혁빈의 눈이 한계까지 커졌다.

그 모습에 한빈이 씩 미소를 지었다.

"추룡산맥에서의 일이 기억 안 나십니까?"

"그게 언제더라……."

팽혁빈은 말끝을 흐렸다. 처음에는 기억나지 않았지만, 잘 생각해 보니 분명히 약속했었다.

하지만 그게 지금일 줄은 꿈에도 몰랐다.

일단은 발뺌하는 것이 상책이었다.

그러면 그럴수록 한빈의 미소는 진해졌다.

"증인을 부를까요?"

말을 마친 한빈은 심미호를 힐끔 바라봤다.

심미호가 기다렸다는 듯이 달려와 활짝 웃었다.

"대공자님, 그때 내기하신 거 저도 들었어요."

"심 부대주까지 왜 나를 엿먹이려고……."

팽혁빈은 말끝을 흐렸다.

자신도 모르게 지위에 걸맞지 않은 말이 나왔기 때문이다.

그때 이무명도 슬쩍 끼어들었다.

"저도 들었던 것 같습니다."

"허, 그때 이 호위는 그 자리에 없었지 않았는가?"

"아닙니다. 그때 자리에 있습니다."

"아니야. 내가 아우와 약속할 때 이 호위는 자리에 없었어. 나는 똑똑히 기억한다고."

팽혁빈이 이무명을 쏘아보자 이 호위가 말을 이었다.

"대공자님, 지금 기억나신다고 하신 게 맞습니까?"

"당했군. 당했어! 이 호위까지 나를 배신하다니 서운하네, 이 호위."

"네, 대공자님."

"어찌 이 호위도 내 아우를 닮아 가는군."

"칭찬으로 듣겠습니다, 대공자님."

이무명의 너스레에 팽혁빈은 한숨을 내쉬며 고개를 돌렸다.

"휴, 아우야. 하나만 묻자."

"네, 말씀하시지요. 형님."

"왜 내게 백독지회의 만찬을 먹이려는 것이냐?"

"백독지회의 만찬은 독과 독이 서로 상충 작용을 일으켜 일반 무인이 먹게 되면 천고의 영약이 된다고 들었습니다."

"천고의 영약이라……."

팽혁빈은 자신도 모르게 고개를 끄덕였다.

그를 바라보는 여러 독인이 한빈이 말이 진짜라는 듯 눈을 빛내고 있기 때문이었다.

백독지회에 참가한 모든 독인이 이 자리에 모인 것은 아니었다.

그들 중 대부분은 바깥에 별도로 자리를 마련했다.

이곳에 모인 이들은 독문들의 수뇌부다.

삼독문의 문도희를 비롯해서 적혈문의 문주 그리고 백독문에서는 백주천과 독호가 자리했다.

백독지회의 규모 때문인지 이곳에 모인 자들만 서른 명이

넘었다.

서른 명의 독인들과 하북팽가의 식솔들을 모두 합하면 오십 명의 무인들이 백독지회의 만찬을 즐기고 있는 것.

지금 은빛 뚜껑이 닫힌 접시는 오직 수뇌부와 팽혁빈의 앞에만 있었다.

팽혁빈은 일단 용기를 내 보았다.

지금 나온 음식이 천고의 영약이 될 수도 있다는 이야기를 믿을 수밖에 없었기 때문이었다.

거기에 더해 아우 한빈과의 약속도 있었다.

대접받은 음식은 일단 먹는 것이 강호의 도리.

팽혁빈의 표정을 본 백주천이 먼저 음식의 뚜껑을 열었다.

백주천이 뚜껑을 열자 다른 독인들도 음식을 확인하기 시작했다.

실내에 향기가 돌자 모두가 군침을 흘렸다.

오직 팽혁빈만이 뚜껑을 열지 않고 있었다.

그것도 잠시, 주변을 둘러본 팽혁빈은 뚜껑을 잡았다.

주변에서 퍼지는 향기와 그들의 눈빛을 보니 자신도 군침이 돌았기 때문이다.

독이 아니라 영약이라고 생각하면 눈을 꾹 감고 먹을 수도 있는 일이었다.

팽혁빈은 아무렇지 않게 뚜껑을 열었다.

그러고는 접시에 담긴 음식을 확인했다.

순간, 팽혁빈의 눈이 한계까지 커졌다.

상상도 할 수 없는 음식이 담겨 있었다.

아니, 독도 아니고 음식도 아니었다.

정체불명의 독충(毒蟲)들이 엉켜서 접시 위에서 꿈틀대고 있었다.

정확히는 꿈틀대는 독충은 몇 마리밖에 안 되었다.

나머지는 잘 쪄져서 향기를 내고 있었다.

꿈틀대는 독충들도 찜기에 찐 것이 확실했다.

다만, 강한 생명력을 바탕으로 아직 살아남아 있는 것이다.

팽혁빈은 반사적으로 뚜껑을 놓쳤다.

쨍그랑.

은빛 뚜껑이 그대로 연회장의 중심에 굴렀다.

하지만 독인들은 놀라지 않았다.

마치 팽혁빈의 반응을 예상이라도 한 것처럼 미소를 짓고 있었다.

그중 문도희가 팽혁빈을 향해 고개 숙였다.

"어찌 보면 정파의 정순한 내공과 어울리는 영약이니, 사양 말고 드시지요."

"이게 어떻게 정순한 정파의 내공과 어울린다는 말입니까? 문 대협."

말을 마친 팽혁빈은 본능적으로 접시에서 떨어졌다.

그 모습에 한빈이 작은 목소리로 말했다.

"걱정하던 독은 아니지 않습니까? 딱 봐도 싱싱한걸요."

"너, 너는 저것을 보고 싱싱하다고 하느냐?"

팽혁빈이 접시 위에 꿈틀대는 독충을 가리키자 한빈이 말을 이었다.

"형님이 안 드시면 제가 먹겠습니다."

"그러면 나중에 무슨 소원이든 들어주마."

"소원 한 개 가지고 되겠습니까? 형님."

"그럼 두 개를 들어주마. 아니 세 개의 소원을 들어주마."

"알겠습니다."

재빨리 답한 한빈은 슬쩍 독인들의 눈치를 살피더니 자리에 앉았다.

그 모습에 모든 독인들이 눈도 깜빡이지 않고 한빈의 일거수일투족에 집중했다.

그것도 잠시, 독인들은 고개를 갸웃했다.

한빈이 아무렇지 않게 젓가락을 들었기 때문이다.

그것도 모자라 접시 위에 독충을 입에 다 털어 넣었다.

눈 깜짝할 사이에 일어난 일이었다.

사실 독인들도 이렇게 독충을 한입에 털어 넣지는 못한다.

모두의 놀람과는 달리, 한빈은 고개를 갸웃했다.

뭔가 이해가 안 된다는 듯 허공을 바라보는 한빈의 모습에 깜짝 놀란 백주천이 달려왔다.

"팽 소협, 괜찮은 것인가? 어서 이 해약을……."

"괜찮습니다. 독이 아니라 영약이라는 말이 사실이었군요."

"그게 무슨 말인가? 혹시 이 음식을 먹고 깨달음이라도 얻었다는 말인가?"

"잠시만 기다리시지요."

한빈이 손바닥을 보이며 백주천의 말을 끊었다.

사실 팽혁빈에게 백독지회의 만찬을 권한 것은 전생의 기억 때문이었다.

우연히 독인들과 어울리게 된 소림의 무승이 백독지회에서 만찬을 먹고 만독불침의 경지에 이르는 기연을 얻었다는 기록이었다.

정의맹의 문서에는 그 기사가 기록되어 있었다.

물론 앞으로 일어날 일이 아니라 이미 일어난 일이었다.

그 기연의 주인공은 강호에서 은퇴한 일지대사의 사부였다.

물론 정의맹의 서고에서는 그 기록들을 정사로 취급하지 않는다.

정의맹에서는 무림에서 일어난 일들, 그중에서 강호에서 은퇴한 자의 기록들은 외사라고 규정한다.

물론 외사라고 같은 외사는 아니었다.

그중에서 범접 못 할 자들의 이야기는 천외천으로 넘어간다.

하지만 천외천을 두 눈으로 확인한 적은 없었다.

현생에서 천외천에 들어갈 자들을 찾으라고 한다면 아마

도 백경 정도가 될 터였다.

생각을 마친 한빈은 조용히 용린검법의 심화편을 바라봤다.

용린검법의 심화편, 그중에서도 독(毒)의 구결이 반짝이고
있다.

신기한 것은 독의 구결이 줄지 않고 마치 한계를 뛰어넘으
려는 듯 반짝이고 있다는 점이었다.

한빈은 조용히 눈을 감았다.

눈을 감은 한빈의 앞에 황금빛 구결이 계속해서 반짝였다.

반짝이던 황금빛 구결이 점점 앞으로 뛰어나왔다.

마치 주인을 본 강아지처럼 반갑게 반짝거리는 구결.

딱 거기까지였다.

그 후 별다른 변화가 없었다.

눈앞에서 독의 구결이 반짝이며 한빈을 반기고 있지만, 그
상태 그대로였다.

그때였다.

갑자기 다른 구결도 반짝이기 시작했다.

그것은 바로 마음 심(心)이었다.

심의 구결도 독의 구결과 마찬가지로 황금빛으로 변하더
니 앞으로 다가왔다.

두 개의 구결들이 눈앞에서 반짝거릴 때 용린검법의 글귀
가 나타났다.

[독인들의 마음을 하나로 모았습니다. 독(毒)과 심(心)이 모여서 새로운 상대를 만들어 냈습니다. 심상 수련을 진행할 수 있습니다. 대상을 떠올리면 심상 수련이 진행됩니다. 기회는 한 번뿐.]

한빈의 눈이 커졌다.

이건 예측 못 한 보상이었다.

수많은 독인의 진심 어린 마음이 용린검법에 전해진 것 같았다.

심상 수련이라?

무인이라면 누구나 심상 수련을 한다.

강력한 무인을 떠올리고 마음속으로 대결을 그려 보는 심상 수련은, 말로 검을 논하는 논검의 형태와 비슷하다.

하지만 이것은 용린검법이 주는 기연이었다.

심상 수련을 통해서 또 다른 기연을 주려는 의도가 분명했다.

한빈은 심상 수련의 대상을 하나씩 떠올려 봤다.

그때 딱 떠오르는 이름 하나가 있었다.

한빈은 속으로 그 이름을 외쳤다.

'달마!'

달마의 이름을 외친 이유는 차고도 넘쳤다.

달마라는 이름은 무원 무공의 시조라고 할 수도 있었다.

이름을 외친 한빈은 고개를 갸웃했다.

아무런 반응이 없기 때문이었다.

뭔가 잘못되었음이 분명했다.

그때 다시 용린검법의 글귀가 나타났다.

[세상에 남아 있는 사람만 심상 수련의 대상으로 선택할 수 있습니다.]

'흠.'

한빈은 속으로 침음을 삼켰다.

아마도 달마 대사가 이 세상 사람이 아니라서 찾는 데 오래 걸렸던 것이 분명했다.

이쯤 되자 한빈은 더욱 신중해질 수밖에 없었다.

한빈은 백경의 백을 떠올려 보기도 했다.

하지만 이내 고개를 저었다.

한빈은 조금 더 강한 상대를 마주하고 싶었다.

심상 수련에서 죽는다 한들 밑져야 본전이 아니던가?

그렇다면 조금 더 강한 상대와 수련하는 것이 한빈에게는 이득이었다.

한빈은 무림삼존을 떠올렸다.

잠시 생각에 잠겼던 한빈은 고개를 저었다.

현실에서 마주할 수 없는, 조금 더 강한 상대가 필요했다.

한빈은 한 번뿐인 기회를 가장 효율적으로 이용하기 위해 잠시 고민에 빠졌다.

한빈이 눈을 감은 지 찰나의 시간이 흘렀다.

꽤 많은 고민을 하고 있었지만, 실제로 흘러간 시간은 그리 많지 않았다.

그때 팽혁빈은 눈을 감은 아우의 모습을 바라봤다.

팽혁빈은 고개를 갸웃했다.

마치 졸고 있는 듯한 한빈의 모습 때문이었다.

한빈이 조는 모습을 본 것은 처음이었다.

어떤 상황에서도 눈 하나 깜빡이지 않던 동생이었다.

이렇게 조는 모습을 보니 이제야 사람처럼 느껴졌다.

팽혁빈은 씩 웃으며 자신의 옆에 있던 모포를 한빈의 무릎에 덮어 주었다.

그리고 뒤를 돌려는 순간.

팽혁빈은 다시 고개를 갸웃했다.

한빈의 모습을 다시 보니 조는 모양새가 아니었다.

눈을 감고 있지만, 당장이라도 안광을 쏘아 낼 것처럼 진지한 표정을 하고 있었다.

만약에 졸고 있는 것이 아니라면?

잠시 고민하던 팽혁빈은 재빨리 고개를 돌렸다.

그는 손가락으로 한빈의 주변을 가리키며 동그란 원을 그렸다.

신호를 받은 심미호가 재빨리 다른 대원들에게 눈짓했다.

팽혁빈이 보낸 신호는 호법을 부탁한다는 것이었다.

비록 가부좌를 틀고 있지는 않지만, 눈을 감은 한빈의 모습은 영락없이 무아지경에 든 모습이었다.

지금 당장 동생을 깨워서 물어볼 수도 없는 일.

일단 만약을 대비해 호법을 서는 것이 맞았다.

팽혁빈의 지시에 적혈맹호대는 발소리도 내지 않고 한빈을 겹겹이 에워쌌다.

그들뿐이 아니었다.

백주천을 필두로 나머지 독인들도 적혈맹호대의 주변에서 경계 태세를 취했다.

누가 시키지 않았는데도 그들은 마치 하나가 된 것처럼 눈도 깜빡이지 않고 호법에 한몫 보탰다.

순식간에 수십 명의 고수에게 둘러싸인 한빈은 의자에 앉은 그대로 요지부동이었다.

그 모습을 보던 팽혁빈은 입맛을 다셨다.

만찬의 음식을 먹었어야 했나 하는 생각이 들었다.

그때 호법을 서던 적혈맹호대의 안쪽으로 문도희가 들어왔다.

팽혁빈은 문도희를 보고 고개를 갸웃했다.

"무슨 일이십니까?"

"혹시 상대가 독을 쓸지 모르잖아요. 안쪽은 제가 맡기로 했어요."

"감사합니다, 문 대협."

"혹시 팽 공자가 무아지경에 든 것인가요?"

"네, 그런 것 같습니다."

"이런 경사를 눈앞에서 목격하다니 제가 행운이네요. 그런데 진짜 무아지경에 든 게 맞나요? 보통은 가부좌를 틀고 있어야 정상 아닌가요?"

"뭐, 놀랄 일은 아닙니다."

"저렇게 무아지경에 든 게 놀랄 일이 아니라니요?"

"아우의 수하들도 그렇고 시도 때도 없이 무아지경에 들다 보니 이제는 그러려니 합니다. 통로에서 곡괭이를 든 채 무아지경에 든 친구도 있으니 저 정도면 양호하죠."

팽혁빈이 씩 웃으며 어딘가를 바라봤다.

그곳에는 심미호가 눈을 빛내고 있었다.

곡괭이를 든 채 눈을 뜨고 무아지경에 든 인물은 바로 심미호였다.

문도희는 고개를 살짝 저었다.

팽혁빈의 말이 믿어지지 않아서였다.

깨달음이 뉘 집 개 이름도 아니고 비일비재하게 일어난다는 것이 이해가 안 되었다.

물론 팽혁빈의 표정은 바뀌지 않았다.

팽혁빈의 표정에는 자부심이 숨겨져 있었다.

그 대화를 끝으로 어색한 침묵이 맴돌았다.

문도희는 설마 하는 눈으로 팽혁빈을 바라봤다.

팽혁빈은 나름대로 어깨에 힘을 주고 있었다.

팽혁빈은 아우가 가문에 몰고 온 수많은 기연에 대해서 떠올렸다.

그 기연이 한두 개던가?

얼마 전 복원한 혼원벽력도 덕분에 하북팽가의 위상이 달라졌다.

가주 팽강위에서부터 시작해서 집법당주인 팽대위 그리고 팽혁빈까지, 모두가 복원된 혼원벽력도를 익힌 상태였다.

일부러 알리지는 않았지만, 하북팽가가 혼원벽력도를 되찾았다는 것은 벌써 강호에 퍼져 나갔다.

그 소식은 십대세가를 떠들썩하게 만드는 한편, 구파일방을 바싹 긴장시켰다.

그뿐만이 아니었다.

지금 무림세가 간의 교역은 하북팽가를 중심으로 이루어지고 있다고 봐야 했다.

동으로는 황보세가와 산동악가 그리고 남쪽으로는 제갈세가와 하남정가가 버티고 있다.

시선을 살짝 돌려 서쪽을 살펴보면 사천당가까지 하북팽가를 지지하고 있다.

하북팽가가 이 정도의 신뢰를 받은 적이 있던가?

혼원벽력도의 창시했던 벽력대제 이후로는 처음 맞는 번영기였다.

이 모든 것이 아우의 덕분이라는 것을 팽혁빈은 알고 있었다.

만약에 아우가 없었다면 하북팽가는 천하 십대세가의 말석에서 발버둥을 치고 있을 것이었다.

한빈의 몸을 살피던 팽혁빈은 눈을 가늘게 떴다.

아무리 봐도 한빈의 몸에 변화가 없었다.

삼화취정이니 오기조원이니 하는 전설 속 장면은 아니더라도 깨달음의 과정이 겉으로 드러나야 할 단계였다.

하지만 한빈의 몸은 그대로였다.

거기까지 생각한 팽혁빈의 표정은 겨울 찬바람을 맞은 것처럼 굳었다.

잠시 고개를 갸웃하던 팽혁빈이 문도희를 바라봤다.

"문도희 대협, 혹시 그 음식이 진짜 영약이었습니까?"

"우리 독인에게는 영약이라기보다는 보약에 가깝죠."

"그럼 대체 무슨 음식이기에 제 아우가 무아지경에 든 것인가요?"

"저 음식은 우리 독인들이 몇 년간 모은 독충을 모두 모아서 요리한 거예요. 북해와 남만 그리고 중원까지 눈에 보이는 독충이 다 들어가 있어요."

"몇 년 동안 모은 재료라는 말씀입니까? 그것도 남만에서 북해까지 쫙 긁어 오셨다는 말입니까?"

"왜 그리 놀라시지요?"

"그럼 중독될 가능성도 있다는 말씀 아닙니까?"

"그야 당연하죠. 그런데 걱정하지 않으셔도 될 것 같아요. 팽 공자의 모습을 보면 중독하고는 관계가 없어요. 설사 중독당한다고 해도 괜찮아요. 해약이 넉넉하게 있으니까요."

"그런데 왜 아무런 변화가 없는 겁니까?"

"변화가 있어야 하나요?"

"당연히 있어야죠."

팽혁빈이 말을 멈추고 고개를 갸웃했다.

생각해 보니 무아지경에 든다는 것이 무림에 흔한 장면은 아니었다.

아우의 옆에 있다 보니 깨달음의 순간을 많이 접했을 뿐, 다른 문파나 가문에서 무아지경에 든 무인을 본 적은 없었다.

팽혁빈이 고개를 갸웃하고 있을 때 문도희가 말을 이었다.

"에이, 농담도 잘하시는군요. 제가 듣기에는 말이 깨달음이지 겉으로는 아무 변화가 없다고 들었어요. 그러고 보니 상황도 비슷하네요."

"상황이 비슷하다고요?"

"그때도 백독지회에서 만찬을 먹는 도중 깨달음을 얻었다고 들었어요."

"그때라는 게 언제입니까?"

"오십 년 전에 유명한 절의 승려 하나가 백독지회에 참석

해서 연회의 만찬을 먹고 기연을 얻었다고 해요."

"혹시 어떤 기연이었습니까?"

"그건 밝히지 않았어요. 사문으로 돌아가 그 깨침을 제자들에게 전한다고 하면서 헤어졌다고 들었습니다. 그 승려 덕분에 한동안 백독지회가 열릴 때마다 이곳을 기웃거리는 무인들이 꽤 늘었었죠."

"그자들은 어떻게 됐습니까?"

"죽었어요."

"혹시 백독지회에 참가한 독인들이……."

"아니요. 여기 오기 전에 모두 죽었어요. 기연을 바라고 백독지회를 찾아온 이들은 불을 향해 달려드는 불나방과 똑같았거든요."

"흠, 그렇군요."

"덕분에 불청객들이 찾아오는 일은 없어졌죠. 팽 공자가 오기 전까지는요."

팽혁빈은 아직 호기심이 가라앉지 않았다는 듯 작은 목소리로 물었다.

"혹시 그 중의 이름이 어떻게 됩니까?"

"아마도 백 문주님은 아실걸요. 그때 계셨던 유일한 분이니까요."

문도희가 조용히 고개를 돌렸다.

바깥쪽에서 독인들을 지휘하며 호법을 서고 있는 백주천

이 있는 쪽이었다.

시선을 느낀 백주천이 재빨리 안쪽으로 들어왔다.

그는 무아지경에 든 한빈을 의식한 듯 작은 목소리로 말했다.

"그 무승의 이름은 무영이었소."

"무영이라? 무 자를 쓰는 항렬이라면 분명히 소림의……."

"맞소. 소림의 무승이었소."

"백독문과 소림에 그런 인연이 있었습니까? 저는 처음 들어 봅니다."

"그걸 인연이라고 할 수는 없을 것 같소만……."

"백독문이 소림에 기연을 준 것이 인연이 아니면 뭐겠습니까?"

"그건 악연이라오."

"악연이요?"

"우리 독인들 때문에 기연을 얻었으면 은혜를 갚아야 할 것이 아니오?"

"그건 그렇지요."

"그런데 입을 싹 씻고 강호에 얼굴조차 내밀지 않았다오."

"혹시 잘못된 것이 아닙니까?"

"잘못되었다면 무영이란 작자가 어찌 일지대사를 키워 낼 수 있었겠소?"

"일지대사를 키워 내다니……. 설마?"

"맞소. 일지대사의 사부가 바로 무영이오. 우리 독인들 덕분에 얻은 깨달음으로 무림삼존 중 하나인 일지대사를 키운 것이오."

"그럼 제 아우가 얻을 깨달음도 작은 것이 아니라는 말씀입니까?"

"오십 년 만에 있는 일이니 내가 어찌 알겠소. 다만, 나는 팽 공자가 큰 깨달음을 얻길 바라오."

백주천은 조용히 한빈을 바라봤다.

하지만 한빈은 아직 요지부동이었다.

눈을 감고 있는 한빈은 사실 무아지경에 든 것은 아니었다.

눈을 뜨면 심상 수련의 기회가 날아가기에 그냥 감고 있을 뿐이었다.

한빈은 주변의 대화를 모두 듣고 있었다.

순간 한빈의 머릿속에 한 명의 이름이 떠올랐다.

외사 속의 인물이라 할 수 있는 소림의 무승.

'무영대사!'

이름을 외친 한빈은 고개를 갸웃했다.

이번에도 아무 일도 일어나지 않았기 때문이다.

달마와 마찬가지로 무영이란 고승도 세상에 없는 것이 분명했다.

한빈은 무영에 관해 조금 더 떠올려 봤다.

그에 대해서는 알고 있는 이야기도 있었고 모르는 이야기
도 있었다.

한빈은 속으로 입맛을 다셨다.

오십 년 전에 무영도 자신과 같은 기연을 얻었을까?

그것은 모르는 일이었다.

아니, 자신과 똑같은 상황은 아니었을 것이 분명했다.

그에게는 용린검법이 없었을 테니까.

그렇다면 어떤 기연을 얻었기에 독인들에 대한 은혜도 저
버리고 소림사에 틀어박혀 모습을 보이지 않은 것일까?

모든 것이 의문이지만, 지금으로서는 해결할 방법이 없었
다.

한빈이 잠시 딴생각을 하고 있을 때였다.

용린검법의 글귀가 나타났다.

[무림외사의 인물이 소환됩니다.]

[심상 수련은 시작 전 언제든 취소할 수 있습니다.]

지금 강호에 발을 담그지 않은 자를 소환한다는 말이었다.

살아 있지만, 강호에서는 은퇴한 자가 바로 무영이었다.

한빈은 말없이 심상 수련의 상대를 기다렸다.

그때, 다시 글귀가 이어졌다.

[취소(取消).]

취소할 수 있는 권능을 한빈에게 준 것이 분명했다.

이제 한빈은 눈앞에 있는 황금빛 구결로 시선을 돌렸다.

한참을 보고 있는데 갑자기 눈앞에 있던 황금빛 구결이 흔들리기 시작했다.

마치 겨울바람에 흔들리는 나뭇가지 같은 모습이었다.

뭐지?

한빈은 자신도 모르게 눈을 가늘게 떴다.

황금빛 구결이 점점 더 흔들리고 있었다.

이러다가 용린검법이 아예 사라질 수도 있지 않을까 걱정이 될 정도였다.

마구 흔들리던 황금빛 구결이 갑자기 흐려졌다.

강풍을 만난 마른 나뭇잎처럼 바스러지기 시작한 것이다.

'흠, 대체 이건?'

한빈은 자신도 모르게 헛숨을 삼켰다.

반짝이던 구결이 힘없이 바스러지다니!

이건 한빈의 예상 밖이었다.

과연 어떻게 된 일일까?

의문도 잠시, 바스러졌던 구결이 다시 뭉치기 시작했다.

다시 뭉친 구결은 글자가 아닌 점이 되었다.

수많은 황금빛 점이 허공에 둥둥 떠 있다.

그 점이 하나둘씩 뭉치기 시작했다.

획, 획.

마치 한빈이 구걸십팔보를 펼치는 것처럼 점들이 하나씩 다른 점을 향해 달려들기 시작했다.

그 모습은 자철석이 서로를 끌어당기는 것과 같았다.

새끼손톱만 했던 점은 주먹만 한 점으로 바뀌었고 그 점이 다시 뭉쳐 선이 되었다.

한빈이 눈앞에 펼쳐진 광경을 이해할 수 있었다.

용린검법은 지금 그림을 그리고 있는 것이 분명했다.

아니나 다를까.

길게 뻗은 선은 이제 형태를 갖춰 가고 있었다.

한빈은 자신도 모르게 입을 벌렸다.

지금 선이 만들어 내고 있는 것은 사람의 상체였다.

사람 상체 하나를 만들어 낸 황금빛 선은 다시 반대쪽으로 움직였다.

사사—삭.

황금빛 선은 유려한 움직임으로 다시 어떤 형태를 만들어 냈다.

한빈은 고개를 갸웃했다.

반대쪽에 만들어 낸 형태도 사람 상체였기 때문이다.

황금빛 선이 다시 움직이기 시작했다.

이번에는 사람의 상체에 채색했다.

마치 화공이 색색의 물감으로 그림을 그리는 듯한 느낌이 었다.

그것은 숙련된 화공의 솜씨와도 같았다.

일말의 망설임 없이 선을 긋고 채워 나가기를 반복했다.

처음에는 상체, 그다음에는 하체가 완성되더니 이제는 얼굴을 그리기 시작했다.

인물화를 그리는 듯 빠른 속도로 두 인물을 만들어 냈을 때였다.

갑자기 눈을 뜰 수 없을 정도로 황금빛이 밝아지다가 이내 빛이 사그라졌다.

눈을 뜨자 두 인물이 서로를 마주 보고 서 있었다.

마지막에 만들어 낸 인물은 붉은 무복의 사내였다.

붉은 무복이라?

거기에 얼굴은 허여멀건 것이 마치…….

한빈은 자신도 모르게 입을 벌렸다.

눈앞에 펼쳐진 그림 속의 새로운 인물은 아무리 봐도 한빈 자신이었다.

흐트러진 무복의 옷깃까지 바로 전의 한빈과 판박이였다.

한빈은 다른 인물을 확인했다.

다른 인물은 몸집이 작은 노인이었다.

노인의 외모는 상당히 지저분해 보였다.

정확히 말하면 한빈의 임시 사부인 홍칠개보다도 더 지저분해 보였다.

　이쯤 되자 한빈은 뭔가 잘못되었을지도 모른다는 가능성을 떠올렸다.

　한빈이 떠올린 인물은 무영대사.

　그런데 상대는 거지였다.

　아무래도 용린검법이 실수한 것 같았다.

　사람은 살아가면서 실수 한 번쯤은 한다.

　용린검법이라 해도 실수를 하지 않으리란 법은 없었다.

　무영이 아니라면 상대는 과연 누굴까?

　그렇다고 심상 수련을 취소할 수도 없는 일이었다.

　심상 수련은 단 한 번뿐인 기회.

　한빈은 일단 지켜보기로 했다.

　한참을 지켜보던 한빈이 한숨을 내쉬었다.

　심상 수련의 의미를 도무지 알 수 없어서였다.

　눈앞의 그림은 움직이지 않았다.

　그림은 그림일 뿐이었다.

　한빈은 그림의 떡이라는 말이 문득 떠올랐다.

　심상 수련이란 거창한 이름으로 사람을 고민하게 만들더니, 막상 나타난 거라곤 아무런 움직임도 없는 그림에 불과했다.

　실망도 잠시, 한빈은 진지한 표정으로 그림을 다시 살폈다.

하북팽가
검술천재

용린검법이 상대를 잘못 소환했을지는 몰라도 그 깨달음은 평범한 것이 아닐 터였다.

한빈은 조금 더 집중했다.

하지만 아무리 시간이 지나도 멈춰 있는 그림에서는 아무런 깨달음도 찾을 수 없었다.

현실에서의 시간이 얼마나 흘렀는지는 알 수 없었지만, 적어도 하루는 지켜본 느낌이었다.

하루 동안 깨달은 것은 심상 수련이 빛 좋은 개살구라는 점이었다.

손을 뻗으면 그들이 잡힐 것만 같이 생생한데, 얻을 수 있는 것은 아무것도 없다니!

미치고 팔딱 뛸 노릇이었다.

한빈이 고개를 돌려 용린검법의 글귀를 바라봤다.

[취소(取消).]

진지하게 심상 수련을 취소할까를 고민하던 한빈이 고개를 저었다.

강호 속담에 날아가는 화살의 촉은 뒤를 돌아보지 않는 법이라는 말이 있다.

일단 수련에 임했으면 끝을 보는 것이 맞았다.

한빈은 눈앞에 펼쳐진 그림에 집중하기 시작했다.

일단 집중하자 눈앞의 그림이 더욱 선명하게 보인다.

이제는 상대 노인의 수염 한 올 한 올까지 보인다.

더욱 선명해지자 이제는 노인의 정체를 알 것만 같았다.

노인의 모습은 확실히 거지였다.

달마도 아니고 무영도 아닌 것이 분명했다.

한빈은 자신도 모르게 탄식했다.

'휴, 거지에 대머리라…….'

그때 그림이 움직이기 시작했다.

분명 거지가 한 걸음 앞으로 나왔다.

동시에 풍경이 바뀌었다.

한빈의 눈이 한계까지 커졌다.

어느새 한빈은 거지 노인과 마주 보고 있었다.

노인은 그림과 같았다.

그림과 같은 동작을 취하고 있었으며 그림과 같은 외모를 하고 있었다.

그림 밖에서 보는 것이 아니라 그림 안의 붉은 무복 사내, 즉 자신의 몸으로 들어온 것이다.

한빈은 그제야 심상 수련의 의미를 알 것 같았다.

자신이 떠올릴 수 있는 절대자를 눈앞에 소환해서 수련할 기회.

그것이 바로 용린검법이 주는 심상 수련이었다.

노인은 아직 움직이지 않고 있었다.

아직 심상 수련의 준비가 되지 않았다는 뜻 같았다.

수련의 효과를 최대로 끌어올리기 위해서는 주변 환경을 살피는 것이 필수적이다.

한빈은 주변을 둘러봤다.

이제는 풍경까지 생생했다.

주변을 바라보니 구름이 주변에 둥둥 떠 있다.

그 옆에는 정자 하나.

신선들이 바둑을 두고 가면 딱 어울릴 듯한 풍경이었다.

정자 위에 달린 현판을 본 한빈은 자신도 모르게 입을 벌렸다.

현판에는 글귀가 없었다.

다만, 문양 하나만 선명하게 찍혀 있을 뿐이었다.

그 문양은 태극이었다.

한빈은 이곳이 무당의 삼대성지 중 하나인 향로봉이라는 것을 단번에 알 수 있었다.

무당의 삼대성지는 모두 무당의 시조인 장삼봉의 발자취에서 비롯되었다.

시조인 장삼봉이 무당에 올라 처음 자리를 잡은 곳이 첫 번째 성지였으며, 깨달음이 얻은 곳이 바로 두 번째 성지였다.

그리고 세 번째 성지가 지금 눈앞에 펼쳐진 향로봉이었다.

향로봉은 무당의 시조가 등선했다고 알려진 곳이었다.

이곳을 멀리서 보면 향로처럼 생겼고, 구름은 마치 향로에서 피어오르는 연기 같다고 해서 붙여진 이름이다.

무당의 제자들에게만 개방된 곳이지만, 한빈은 전생에 이 곳에 올라 본 적이 있었다.

당시 살갗을 스치는 바람은 현기를 담고 있는 듯했다.

지금도 마찬가지였다.

불어오는 바람에 현기가 느껴졌다.

분위기까지 실제 향로봉을 재현하다니!

용린검법의 효용은 상상 이상이었다.

한빈은 잠시 눈을 감았다.

그러고는 불어오는 바람을 온몸으로 느꼈다.

불어오는 바람 한 올.

스치는 낙엽 소리.

모든 것이 실제에 가까웠다.

한빈은 지금 상황을 현실이라 생각하기로 했다.

그렇게 생각하자 촉감과 청각이 더욱 생생해졌다.

이제는 머리카락이 찰랑이는 소리까지 들려왔다.

한빈은 이게 단순한 심상이 아니라는 것을 온몸으로 느낄 수 있었다.

심상 수련이 시작된 것이다.

그때 귓가에 호통이 들려왔다.

"대머리라고 했느냐!"

귀청을 찢는 소리에 한빈이 눈을 떴다.

거지 노인이 천천히 다가오고 있었다.

지금의 목소리는 거지 노인의 호통이 분명했다.

"어르신?"

한빈이 고개를 갸웃했다.

심상 수련이지만, 상대를 모르는 만큼 조심하기로 했다.

노인이 미간을 좁히며 한빈을 노려봤다.

"왜 딴청을 부리느냐?"

"지금 저보고 하신 말씀입니까?"

"여기 네놈 말고 다른 놈이 있더냐?"

"음, 저 말고 다른 놈은 어르신 말고 없죠. 그런데 왜 그렇게 성을 내십니까?"

"지금 나보고 뭐라 했느냐?"

"그게 무슨 말씀이신지요?"

"분명 대머리라 하지 않았느냐?"

"……."

한빈은 말없이 노인의 머리를 바라봤다.

분명히 그리 말하기는 했다.

하지만 한빈이 대머리라고 한 것은 그림 밖에서의 일이었다. 그것도 속마음일 뿐 입을 열지는 않았다.

그런데 노인은 그 말을 알아들은 것이다.

정말 신기한 일이었다.

한빈의 표정을 본 노인이 못 참겠다는 듯 머리를 매만졌다.

"중보고 대머리라고 하는 놈은 처음 본다. 일단 사과부터 하거라."

"잠시만요……."

"왜 그러느냐?"

"이해가 되지 않아서 그렇습니다. 중이라고 하시는데, 아무리 봐도 개방의 분 아니십니까?"

"내가 어딜 봐서 개방으로 보이느냐?"

"바람이 숭숭 들어올 것 같은 복장부터 적어도 십 년은 씻지 않았을 것 같은 모습까지……. 누가 봐도 거지가 아닙니까?"

"거지라?"

"동경이 있으면 한번 보십시오. 거지가 아니면 대체 뭐란 말입니까? 우리 사부도 어르신보다는 깨끗합니다."

"지금 사부라 했느냐? 사부가 누구더냐?"

"무제자라는 별호를 쓰십니다."

"무제자라, 처음 들어 보는구나."

노인이 고개를 갸웃하자 한빈이 다시 말을 이었다.

"홍칠개라는 이름을 쓰십니다."

"홍칠개라면 코찔찔이밖에 없는데……."

"코찔찔이라고요?"

한빈의 눈이 커졌다.

홍칠개를 코찔찔이라고 부를 수 있는 자가 무림에 존재하던가?

그때 노인이 다시 말을 이었다.

"내가 오십 년 전 강호를 떠나기 전 기억으로는 그렇다."

"오십 년이라면?"

한빈이 눈을 가늘게 뜨고 상대를 살폈다.

살짝 자글자글한 주름에 땟국물이 질질 흐를 것 같은 분위기로 봐서는 분명 개방의 사람이 맞았다.

꾀죄죄한 분위기 속에서 한 줄기 불가의 기운이 풍겨 나오고 있었다.

그렇다면?

한빈이 눈을 가늘게 떴다.

꿈인지 생시인지?

한빈은 상대를 바라보며 진지한 표정으로 물었다.

"혹시 어르신이 무영대사 님입니까?"

"정신 나간 것 같아서 걱정했더니, 눈은 제대로 달려 있구나. 그래, 내가 소림에서 가장 덕망 높은 무영이니라."

"아."

"이제야 사람다운 얼굴을 하는구나. 허허."

무영의 표정이 살짝 풀렸다.

놀란 한빈의 표정에 만족했다는 듯 고개를 끄덕이고 있었다.

그가 여유롭게 너털웃음을 터뜨리고 있을 때였다.

한빈의 입꼬리가 살짝 올라갔다.

그 표정에 무영이 고개를 갸웃하며 물었다.

"그 웃음은 무슨 뜻인고? 꿈속에서라도 나를 만난 것이 그렇게 기쁘더냐?"

"네. 기쁩니다, 대사님."

이 말은 진심이었다.

한빈은 이 상황이 자신의 상상이라는 것을 알고 있었다.

하지만 모든 것이 너무도 생생했다.

재미있는 것은 상대의 몸에 천급 구결의 흔적이 보인다는 점이었다.

만약 심상 수련의 속에서 구결을 획득한다면?

그 구결을 용린검법 속에 남길 수 있을까?

눈앞에서 펼쳐지는 생동감을 봤을 때 불가능한 일은 아니었다.

거기에 지금 일어나는 모든 일은 한빈의 마음속에서 일어나는 일.

이곳에서 어떠한 행동을 한다고 해도 상관없다는 말이었다.

꿈속에서 일어난 일을 상대가 어떻게 알겠는가?

상대가 정의맹의 맹주이든 소림사의 주지이든, 이곳은 자신의 상상 속일 뿐이었다.

한빈의 미소는 더욱 진해졌다.

같은 시각 악필승은 눈을 크게 뜨고 잠든 늙은 중을 바라봤다.

악필승은 그가 일지대사가 아니라는 것을 알고 있었다.

현재는 이 점이 악필승을 가장 괴롭히고 있었다.

주군인 한빈은 악필승에게 일지대사를 데려오라 지시했다.

음식으로 유인하면 일지대사가 내려올 것이라고 쪽지에는 쓰여 있었다.

하지만 실제로 내려온 것은 일지대사가 아니었다.

자기 입으로 일지대사가 아니라 하니, 믿을 수밖에 없었다.

돌아가서 추궁을 받을 것도 두려운데, 늙은 중은 악필승을 더욱 황당하게 만들었다.

늙은 중이 일지대사가 아니라는 것을 안 악필승은 그에게 소림으로 돌아가라고 했다.

하지만 늙은 중은 막무가내로 계속 따라왔다.

이건 소귀에 경 읽기였다.

자신의 면벽을 깼으니 책임지라는 논리였다.

거기에 자신도 무당산에 볼일이 있다고 했다.

일지대사가 아니라는 것을 안 후 악필승은 그에게 음식을 해 주는 일이 내키지 않았다.

그래서 가끔은 아무렇게나 음식을 해다 바쳤다.

늙은 중은 그것을 귀신같이 알아챘다.

정성이 부족하다느니 마음이 변했다느니 하면서 주먹을 말아 쥐곤 했다.

그 모습이 어찌나 무서운지 악필승은 그때마다 마음을 바꾸어서 음식에 정성을 쏟아부어야 했다.

사실대로 말하면 초반에는 맞기까지 했다.

거기에 지금은 악필승이 마음에 든다며 소림으로 입적하라고 압력을 넣고 있었다.

악필승은 자신이 중의 마음에 든 이유가 음식 때문이라는 것을 알고 있었다.

만약 소림에 입적한다 해도, 무공을 가르쳐 주기는커녕 주방에 몰아넣고 노예처럼 부릴 게 불 보듯 훤했다.

말로는 돈을 많이 주겠다고 하는데 소림에서 승려들에게 봉급을 준다는 얘기는 듣지도 못했다.

속가 제자의 경우는 오히려 돈을 내야 하는 게 소림이 아니던가?

그럴 바에는 하북팽가의 조향각이 훨씬 더 편했다.

잠시 며칠 동안의 기억을 떠올리던 악필승은 고개를 갸웃했다.

곤히 잠이 든 늙은 중의 모습 때문이었다.

음식이 다 완성됐는데 갑자기 잠이 든 것이다.

음식을 앞에 두고 잠이 든다고?

이것은 늙은 중이 이제까지 보여 준 행태와는 전혀 다른 모습이었다.

늙은 중의 모습을 살피던 악필승은 주변을 바라봤다.

주변은 쥐 죽은 듯이 고요했다.

이곳은 무당으로 향하는 곳에 있는 산기슭이었다.

산기슭 아래로는 제법 깊은 냇물이 흐른다.

이곳에서 도망쳐서 냇물을 따라 내려간다면?

아마도 무공이 고강한 고수라도 자신을 찾을 수 없을 것이었다.

걸리는 것은 한빈이 준 임무인데, 그것도 어찌 보면 실패였다.

상대는 분명히 일지대사가 아니라고 밝혔다.

그렇다면 소림에 적을 둔 땡중이 분명했다.

어찌 되었든 임무는 실패였다.

결심을 굳힌 악필승은 조용히 뒷걸음쳤다.

그때였다.

악필승은 표정을 굳힌 채 고개를 돌렸다.

늙은 중은 자면서도 악필승의 바짓가랑이를 꽉 붙잡고 있었다.

그러고는 잠꼬대를 하는 듯 입술을 실룩이고 있었다.

누군가와 대화하는 것이 분명했다.

악필승은 이를 악물었다.

조금도 방심하지 않는 늙은 중이었다.

잠이 든 그 순간까지 자신의 바짓가랑이를 잡을 줄은 몰랐다.

악필승은 한숨을 내쉬었다.

"휴, 도망치다 걸리면 다음에는 뼈도 못 추린다고 했지."

악필승의 한숨이 차가운 밤공기를 갈랐다.

한편 심상 수련 속 향로봉.

활짝 미소 짓는 한빈의 모습을 본 무영이 다시 말을 이었다.

"허허. 점점 가관이로구나."

"……."

한빈은 말없이 무영을 바라봤다.

이제는 이 심상 수련을 현실로 생각하기로 마음먹었다.

한빈은 조용히 월아를 잡은 왼손에 힘을 주었다.

월아가 제대로 있나를 확인하기 위해서였다.

현실에서와 마찬가지로 월아는 그대로 있었다.

월아를 확인한 한빈은 아무렇지 않게 오른손을 움직였다.

스릉.

월아의 예기가 향로봉의 공기를 갈랐다.

검 끝을 무영 쪽으로 겨눈 한빈은 조용히 한 걸음 앞으로 나왔다.

한빈은 조용히 무영을 살폈다.

병장기보다는 권장법에 특화된 인물이 분명했다.

거기에 우수(右手)보다는 좌수(左手)를 주로 쓰는 권사가 틀림없었다.

이유는 간단했다.

어떤 상황에서도 굳게 말아 쥔 왼쪽 주먹이 그 증거였다.

사실 한빈은 자신이 먼저 검을 들었다고 생각하고 있지는 않았다.

처음 만난 그 순간부터 상대는 왼쪽 주먹을 말아 쥔 채 조금의 방심도 하지 않았으니까.

보물이라도 든 것처럼 왼쪽 주먹을 꽉 말아 쥔 것을 봐서는 언제든 출수할 것이 분명했다.

한빈이 긴장의 끈을 바싹 조이고 있을 때였다.

무영이 눈을 크게 떴다.

"네놈, 무슨 짓이더냐? 초면에 검을 겨눠?"

"그야 대사님도 마찬가지지요. 그리고 여기는 제 상상 속입니다."

한빈이 아무렇지 않게 검 끝을 겨누었다.

무영이 신기하다는 듯 한빈을 바라봤다.

"네 상상이라……. 그러면 내 꿈이 아니라 네 꿈이라는 뜻이렷다."

"아무려면 어떻습니까? 이렇게 만난 것도 인연인데 한 수 가르쳐 주시죠. 시간이 없습니다."

"아무리 꿈이라도 통성명은 해야 하지 않겠는가? 그리고 공짜로 한 수 가르쳐 달라는 것이 정상적으로 보이지는 않네……."

"제 꿈속인데 제가 왜 대가를 치러야 합니까? 저는 이 기회를 얻기 위해 충분한 대가를 치렀습니다."

말을 마친 한빈이 활짝 웃었다.

무영이 미간을 좁혔다.

"대가를 치렀다고? 사람을 불러내 놓고 대가를 치렀다니……. 고얀 놈이로군. 강호에서 은퇴한 외사의 인물인 나를 핍박하려는 것이냐?"

"뭐 어떻습니까? 어차피 꿈속인 것을요."

한빈은 당당하게 미소 지었다.

그 모습에 무영이 미간을 좁혔다.

"대체 네놈 정체가 무엇이냐? 정체라도 알아야 죽이든 살리든 할 것이 아니냐?"

"그건 비밀입니다."

"그래, 손을 섞어 보면 알고 싶지 않아도 알게 되겠지."

"그럼 들어가겠습니다."

한빈이 용린검법을 떠올렸다.

'일촉즉발!'

순간 한빈의 눈이 커졌다.

앞으로 나아가는 대신 한빈은 재빨리 무영과의 거리를 벌렸다.

한빈은 재빨리 허공 속의 용린검법을 확인했다.

그곳에는 문장 하나가 적혀 있었다.

[심상 수련 중에는 초식을 사용할 수 없습니다. 초식이 봉인(封印)되었습니다. 대신 언제든 취소할 수 있습니다.]

문장의 아래에는 이전과 마찬가지로 짤막한 단어 하나가 반짝이고 있었다.

[취소(取消).]

언제든 취소할 수 있는 것이 심상 수련의 법칙 같았다.

한빈은 재빨리 상대를 바라봤다.

무림삼존 중 한 명인 일지대사의 사부라?

초식이 봉인된 상태로는 구결을 획득하는 것이 분명히 힘들 터다.

하지만 이것 또한 심상 수련이 주는 기연이라면?

한빈의 미소는 그 어느 때보다 더 빛났다.

고민을 끝낸 한빈의 검에는 망설임이 없었다.

초식이 봉인되었을 뿐이지 용린검법 중 심화편에 있는 구결들이 몸을 가볍게 하고 있었다.

한빈은 날듯이 무영을 향해 달려갔다.

일촉즉발의 수법은 아니지만, 월아의 검신에서는 푸른 검기가 번뜩이고 있었다.

검을 들이대는 한빈을 본 무영이 화들짝 놀라 옆으로 한 걸음 비켜났다.

그 움직임에 맞춰 한빈의 검이 무영의 옆구리 쪽으로 방향을 바꾸었다.

무영이 다시 뒤쪽으로 물러나며 외쳤다.

"고얀 놈. 아무리 꿈속이라지만, 말도 없이 쇠붙이를 내밀다니!"

말은 그렇게 했지만, 무영의 입가에는 그윽한 미소가 피어올랐다.

마치 재미있는 장난감을 봤다는 표정이었다.

한빈도 그 표정을 놓치지 않았다.

그 표정은 마치 살아 있는 사람의 표정 같았다.

실감 나는 표정에 한빈은 이것이 기연이라는 것을 더욱 확신했다.

신기한 것은 무영도 이 상황을 꿈이라고 인식하고 있는 것
이었다.

한빈이야 이 상황이 심상 수련이라는 것을 알고 있지만,
상상 속에 등장한 상대도 이곳이 현실이 아니라는 것을 깨닫
고 있다니 황당할 따름이었다.

깨달음을 얻은 고승은 불러온 상념마저도 경지를 초월했
다는 말인가?

강한 자와 수련하는 것이 더욱더 값진 기연을 얻을 터.

한빈의 입가에 한층 더 진한 미소가 맺혔다.

그때였다.

한빈의 가슴팍으로 거대한 주먹이 날아왔다.

아무것도 아닌 움직임에 소림 나한권(羅漢拳)의 정수가 담겨
있었다.

나한은 불가를 지키는 숭고한 존재 중 하나.

번뇌와 용맹함을 동시에 담고 있는 존재였다.

무영의 주먹에서 강맹함만 보이지만, 그 속에 많은 변화가
내포한다.

변화는 번뇌의 증거였다.

소림 무공 중에도 상승 절학에 속하지만, 한빈이 나한권의
궤적을 알아보는 것은 그리 어렵지 않았다.

전생에도 꽤 많이 당했으니 말이다.

가슴을 노리는 궤적은 허초.

실초는 한빈의 정수리를 노리고 있는 것이 분명했다.

한빈은 재빨리 고개를 살짝 틀었다.

순간 무영의 주먹이 한빈의 귓불을 스치고 지나갔다.

팡!

아무리 자신의 상상 속이지만, 귓가를 스치는 무시무시한 파공성에 한빈은 정신이 번쩍 들었다.

하지만 그게 끝이 아니었다.

귓불을 스친 것은 오른쪽 주먹.

그 뒤를 이어서 발이 날아오고 있었다.

마치 그림자도 보이지 않을 정도의 빠른 속도였다.

소림의 무영각(無影脚).

무영각은 속도를 극한까지 끌어올린 각법.

말은 그렇지만, 소림의 기본 각법이었다.

실제로 무영각을 저런 수준으로 펼치는 중을 본 적은 없었다.

무영각을 피하기에는 늦었다고 생각한 한빈은 오른팔과 왼팔을 교차시켜 그의 각법을 받아 냈다.

팡!

이전보다 더한 파공성이 한빈과 무영 사이에 생겼다.

파공성만이 아니었다.

한빈의 몸이 뒤쪽으로 날아가기 시작했다.

마치 한빈이 일촉즉발을 사용해서 날아가는 속도만큼 빨

랐다.

뒤쪽으로 데굴데굴 구르던 한빈이 아무렇지 않게 일어났다.

자리에서 일어난 한빈은 엉덩이를 툭툭 털고 천천히 앞으로 나아갔다.

사실 한빈은 표정을 숨기고 있었다.

말이 심상 수련이지, 지금의 아픔은 실제와 다름없었다.

거기에 용린검법의 심화편 속 구결도 줄고 있었다.

회복되는 대신에 복(復)의 구결이 두 개나 줄어들었다.

복(復)의 구결이 줄었다는 것은 실제로 타격을 입었다는 증거였다.

실제인지 상상인지 구분이 안 가는 상황.

한빈은 조용히 상대를 응시했다.

처음부터 말아 쥐었던 왼손은 아직 쓰지 않았다.

지금 무영은 그의 힘 중 구 할 이상을 숨기고 있는 것이 분명했다.

그렇다면?

한빈의 머리가 맹렬하게 돌아갔다.

지(智)의 구결이 소모될 정도였다.

한빈은 일단 우선순위를 정하기로 했다.

심상 수련이 주려고 하는 깨달음이 무엇인지는 모르겠지만, 최우선은 천급 구결을 획득하는 것이었다.

한빈은 씩 웃으며 무영의 앞으로 걸어갔다.

"제 상상 속이라지만……. 진짜 아프군요."

"흠, 미안하네. 내 주먹에도 아직 여운이 남아 있군. 묘하게도 꿈처럼 느껴지지 않아."

무영이 자신의 오른손을 바라보자 한빈이 말을 이었다.

"네, 너무 생생합니다. 저 지금 죽을 뻔한 거 아시죠? 불가의 분이 뭐 그리 살벌합니까."

"허허. 그리고 보니 지금 내가 살생을 할 뻔했어. 하지만 살생의 원인은 자네가 제공했다는 것을 잊지 말게나."

"그 점은 저도 알고 있습니다."

한빈이 고개를 끄덕였다.

지금 한 말은 진심이었다.

기연에는 항상 위험이 따르는 법이 아니던가?

그나마 다행인 것은 이곳이 상상 속이라는 점이었다.

죽는다고 해도 실제로 죽는 것은 아닐 터.

안심하고 수련을 할 수 있었다.

하지만 무작정 달려들어서는 승산이 없었다.

천급 구결도 깨달음도, 계획 없이 달려들어서는 그림의 떡일 뿐이었다.

검 끝은 어느 길로 가든 적의 목으로만 가면 된다는 강호 속담이 있지 않은가?

지금은 찬밥 더운밥을 가릴 때가 아니었다.

무영의 몸 곳곳에서 빛나는 천급 구결이 언제 없어질지 몰랐다.

따뜻한 밥도 먼저 푸는 사람이 임자.

식기 전에 따뜻한 밥을 한 술 입에 넣고 싶은 것이 한빈의 마음이었다.

지금 한빈이 찾고 있는 것은 따뜻한 밥을 퍼낼 수 있는 주걱이었다.

여기서 주걱이란, 무영을 안심시킬 수 있는 도구를 말한다.

하지만 상상 속의 향로봉 위에는 아무것도 없었다.

한빈은 손가락을 튕겼다.

딱!

그 소리에 무영이 고개를 갸웃했다.

"꿈속에서 뭐 하는 짓인 게냐?"

"잠시만 기다리십시오."

한빈이 손바닥을 보이며 무영을 제지했다.

고개를 갸웃하던 무영의 눈이 커졌다.

한빈은 의미심장한 미소를 지었다.

이곳은 자신의 마음속.

어차피 필요한 것이 있으면 떠올리면 되었다.

한빈은 보따리를 자신의 앞에 내려놓았다.

갑자기 나타난 보따리에 놀라던 무영이 기가 찬다는 듯 웃었다.

"허허, 확실히 꿈속이 맞긴 맞는 게야. 내 눈을 속이고 보퉁이가 나타나다니!"

"꿈이면 어떻고 실제면 또 어떻겠습니까? 술 한잔 하시겠습니까?"

"꿈속에서 술이라……. 술이 대체 어디 있다는……."

무영은 말을 맺지 못했다.

한빈이 보따리를 활짝 열자 그곳에는 백색 호리병과 육포가 들어 있었기 때문이다.

한빈은 백색 호리병을 들었다.

호리병의 뚜껑을 살짝 열자 포근한 향기가 향로봉을 덮었다.

주변을 맴돌던 향기가 무영의 코끝을 자극한 것은 당연했다.

그가 향기를 음미하고 있을 때 한빈은 호리병의 뚜껑을 닫았다.

전광석화를 시전한 듯 빨리 말이다.

눈을 크게 뜬 무영이 호통쳤다.

"지금 무슨 짓이냐?"

"죄송합니다. 대사님이 불가의 고승이라는 것을 깜빡하고 있었습니다."

"그게 무슨 말이더냐?"

"덕망 높은 대사님에게 어찌 술과 안주를 권할 수 있단 말씀입니까?"

"예끼! 이곳은 꿈속이거늘 어찌 세속의 규율을 따지려고 드느냐?"

"꿈이라도 예의를 갖춰야 하는 게 정파인의 도리가 아닙니까?"

한빈이 보따리를 묶기 시작하자 깜짝 놀란 무영이 물었다.

"혹시 그게 무슨 술이더냐?"

"강북의 명주라 불리는 백아주입니다."

"허허, 백아주라……."

"혹시 살짝 맛이라도 보시지 않겠습니까? 그 정도라면 소림의 규율에 어긋나지는 않겠지요."

"그래……. 그거 좋은 생각이군."

"여기 있습니다."

한빈이 조그만 잔에 백아주를 따랐다.

졸졸.

마치 한겨울 계곡물이 얼음을 뚫고 흐르듯 백아주가 호리병에서 감칠맛 나게 흘러나왔다.

잔을 건네받은 무영이 쏜살같이 백아주를 입에 털어 넣었다.

그 모습에 한빈이 눈을 빛냈다.

이전의 공격보다 지금의 동작이 더 빨랐기 때문이다.

한빈은 표정의 변함 없이 다시 보따리를 묶었다.

화들짝 놀란 무영이 외쳤다.

"지금 무슨 짓인가?"

"맛은 보셨잖습니까?"

"허허, 강호 인심이 이리 야박해서야⋯⋯."

"인심이라니요? 저는 소림의 규율을 존중하는 것뿐입니다."

"소림이란 이름이 대단하다고 하나 어찌 사람 위에 있을 수 있단 말인가?"

"그게 무슨 말입니까?"

"일찍이 달마대사님은 사람 위에는 아무것도 있을 수 없다 하셨네. 사람이 곧 하늘일세. 하늘 아래에서는 술이나 물이나 고기나 풀떼기가 모든 것이 똑같을 뿐이라네. 나무아미타불⋯⋯."

불호를 외치는 무영의 모습에 한빈이 다시 호리병을 꺼냈다.

슬쩍 입꼬리를 올린 무영이 아무렇지 않게 호리병을 받았다.

무영은 바로 호리병의 뚜껑을 열었다.

순간 무영의 눈이 한계까지 커졌다.

"자, 자네⋯⋯."

"대사님이 지금 그러셨잖습니까? 물이나 술이나 똑같다고요."

한빈이 어깨를 으쓱하며 보따리를 가리켰다.

그곳에는 백색 호리병이 여러 개 있었다.

그중에는 백아주도 있었고 맹물이 들어가 있는 호리병도 있었다.

한빈은 본론을 말해야 할 때라는 듯 눈을 빛냈다.

"대사님, 한 가지 제안할 것이 있습니다."

"말해 보게."

"제가 술을 드리는 대신 양보 한 번만 해 주시죠."

"그게 무슨 말인가?"

"삼 초식만 양보해 달라는 말입니다."

말을 마친 한빈은 월아를 검집째 바닥에 내려놓았다.

그러고는 손을 풀기 시작했다.

마치 무영대사의 뜻은 관계없다는 듯 말이다.

무영도 한빈의 그런 행동에 미소 지었다.

"꿈이니……. 가능한 일일세."

말을 마친 무영이 손을 내밀었다.

한빈이 백색 호리병을 던졌다.

휙!

호리병을 받은 무영이 뚜껑을 열고 백아주를 들이켰다.

한빈이 외쳤다.

"갑니다, 대사님!"

한빈의 주먹이 쏜살처럼 날아갔다.

용린검법의 초식이 아닌 강호에 떠돌아다니는 권장법인 삼재권법이었다.

진각을 밟은 한빈이 주먹이 무영의 옆구리에 닿았다.

살짝 살갗을 스칠 정도가 되자 무영이 몸을 틀었다.

한빈의 권격에서 빠져나온 무영이 손가락 하나를 폈다.

"술과 안주는 한 묶음인 것을……."

"여기 있습니다."

한빈이 육포를 던지자 무영이 입으로 받는다.

지금 모습만 보면 마치 주인이 던져 주는 육포를 받아먹는 강아지 같다.

이건 아무리 생각해도 일대종사의 모습이 아니었다.

한빈의 손이 다시 빠르게 움직였다.

이번에는 무영의 옆구리에 적중했다.

팡!

파공성이 울릴 정도의 육중한 권격.

하지만 무영은 조금도 밀려 나지 않았다.

한빈의 주먹은 무영의 옆구리에 닿은 채 멈춰 있었다.

무영의 옆구리에는 아직도 천급 구결의 흔적이 일렁이고 있었다.

깊이가 낮다는 것이었다.

한빈은 속으로 한숨을 쉬었다.

일 갑자에 육박하는 본신 내공이 있어도 심상 수련의 공간

안에서는 무용지물처럼 느껴졌다.

용린검법의 초식이 봉인되니 이제까지의 수련이 모두 물거품이 된 느낌이었다.

중요한 것은 눈앞에 천급 구결을 두고도 손에 넣지 못한다는 점이었다.

실망한 한빈의 모습을 본 무영이 한 발 뒤로 물러나더니 말했다.

"허허, 안타깝군."

"양보해 주셨는데 죄송합니다."

"쩝, 정 아쉬우면 방어를 안 할 테니 쳐 볼 텐가?"

"정말입니까?"

"물론이지."

무영이 뒷짐을 지고 눈을 감았다.

하지만 한빈은 고개를 내저었다.

무영이 뒷짐 지자 그의 몸에 있던 천급 구결의 흔적이 사라졌기 때문이다.

무영이 다시 눈을 떴다.

"왜, 내키지 않나 보군?"

"차라리 제게 아까 펼치신 나한권을 가르쳐 주시죠."

"나한권을?"

"제 무공으로는 대사님의 털끝 하나도 건드릴 수 없을 것 같으니까요."

"그래서 무공을 가르쳐 달라? 그것도 소림의 무공을?"

"꿈인데 뭐 어떻습니까? 꿈에서 깨면 서로를 알아보지도 못할 텐데요."

"흠."

"백아주 한 병 더 드리겠습니다."

"술 한 병에 소림의 무공을……."

"꿈인데 어떻습니까? 무공 초식 하나에 좋은 꿈을 꾸실 수 있다면 남는 장사 아닙니까?"

"허허, 좋네. 좋아."

"여기 한 병 더 받으시죠."

한빈이 술병을 던졌다.

그때부터였다.

한빈은 무영에게 무공을 배우기 시작했다.

무영이 가르친 것은 소림의 무공은 아니었다.

원래 있던 무공이 아닌 오십 년의 수련을 통해 새로 창안한 무공이라고 했다.

무영의 가르침 한 번에 한빈은 열을 깨쳤다.

한나절을 가르쳤을 뿐인데 마치 일 년을 가르친 느낌이었다.

무영은 타고난 한빈의 재능에 놀라면서도 백아주를 보상으로 받는 것을 잊지 않았다.

그렇게 날이 저물었다.

심상 수련에서의 시간과 현실에서의 시간이 어느 정도 괴리감이 있는지는 알 수 없었다.

하지만 한빈은 심상 수련에서의 시간을 표시해 두기로 했다.

한빈은 날이 저물자 조용히 향로봉에 홀로 버티고 있는 정자로 다가갔다.

한빈은 월아로 정자의 기둥에 눈금을 하나 표시했다.

그 모습에 무영이 물었다.

"무당산의 성지에 그게 무슨 짓인가?"

"비록 꿈이지만 시간은 알아야 하지 않습니까? 그리고 어차피 꿈인데 무당의 성지가 대수입니까?"

"듣고 보니 그렇군. 무당의 성지에서 이리 술병을 든 나도 있는데 그깟 눈금 정도야. 허허."

무영의 너털웃음이 울려 퍼졌다.

얼마나 지났을까?

자리에서 일어난 한빈은 정자의 기둥을 바라봤다.

"하나, 둘……."

눈금을 세던 한빈은 정확히 백에서 멈췄다.

현실에서의 시간이 얼마나 지났는지 모르지만, 심상 수련을 시작한 지 백 일이 지난 것이다.

숫자를 세는 한빈을 본 무영이 말했다.

"그만 하산하거라. 이제 나도 피곤하구나."

"꿈인데 왜 피곤하다고 하시는 겁니까?"

"이제 네 수련을 받아 주는 것도 한계구나. 가르칠 것은 다 가르쳤으니 이만 물러가거라."

말은 그렇게 했지만, 무영의 입가에는 미소가 맺혀 있었다.

한빈도 마주 웃었다.

이 모든 게 상상이지만, 묘하게 정이 들었다.

이곳에서의 백 일 동안 무영은 어떨 때는 사부와도, 어떨 때는 친구와도 같았다.

한빈도 이제 슬슬 한계가 왔음을 알고 있었다.

용린검법의 문구가 바뀌었기 때문이다.

[심상 수련이 끝났습니다. 퇴장(退場)까지 남은 시간은 일각입니다.]

취소 대신에 퇴장을 알리는 문구로 바뀌어 있었다.

아마도 심상 수련의 최대 기간은 백 일이 분명했다.

시선을 돌린 한빈이 진지한 표정을 말을 이었다.

"한 수만 받아 주시죠. 대사님."

"그러마. 이번이 마지막이다."

그 말을 끝으로 무영이 한빈에게 달려들었다.

한빈도 물러서지 않고 무영을 향해 뛰어갔다.

마주 본 둘의 주먹이 눈에 보이지 않을 정도로 빨라졌다.

신기한 것은 둘 다 방어는 염두에 두지 않고 서로의 요혈을 노린다는 점이었다.

이것이 바로 무영이 오십 년의 면벽 끝에 깨달은 무영칠성권이었다.

공격을 주고받던 한빈의 시야가 흐릿해진 것은 일각 후였다.

하지만 흐릿해진 시야 속에서도 용린검법의 글귀는 빛나고 있었다.

[용안으로 구결을 확인합니다.]

기대했던 글귀에 한빈은 눈을 크게 떴다.

순간 이어서 글귀가 쭈르륵 나타났다.

[천급 구결 감(苦)을 획득하셨습니다.]
[천급 구결 고(苦)를 획득하셨습니다.]
[천급 구결 색(塞)을 획득하셨습니다.]
[알 수 없는 구결을 획득하셨습니다.]

찬란하게 빛나는 심상 수련의 성과들.

[천급 - 원(源), 본(本), 진(盡), 감(苦), 고(苦), 색(塞)]

[알 수 없는 구결 : 오(五)]

알 수 없는 구결까지 포함하면 무려 네 개의 천급 구결을 획득했다.

심상 수련 백 일 동안의 결과!

다만 아쉬운 것은 새롭게 만들어진 초식이 없다는 점이었다.

물론 이 정도로 천급 구결을 쌓아 놨으니, 어차피 나머지 천급 초식을 만드는 것은 시간문제였다.

한빈이 미소 짓고 있을 때였다. 눈앞에 다시 글귀 하나가 나타났다.

[무영칠성권을 획득하셨습니다.]

[용린검법 융합편에 구결이 추가되었습니다.]

[무영칠성권을 획득하셨습니다. 무영칠성권은 소림의 시조인 달마대사의 진전을 이어받은 무영대사의 무공으로, 칠성이 개화하면 경천동지할 위력을 나타냅니다. 거기에 더해…….]

이것은 생각지도 못한 무영의 선물이었다.

무영칠성권을 획득했다는 글귀가 나오자마자 한빈의 머릿속에는 자연스레 초식들이 들어와서 박혔다.

물론 무영칠성권의 초식에 대한 설명은 그 뒤로도 한참이나 이어졌다.

무영대사만큼이나 수다스러운 설명이었다.

한빈은 조용히 고개를 숙였다.

그곳은 조금 전까지 무영대사가 있던 자리였다.

비록 상상 속의 인물이라고는 하나 술 한 병에 모든 것을 바쳐서 만든 무공을 전수해 준 이였다.

사실 심상 수련 도중에 제자가 되라는 무영의 제안을 몇 번이고 받았다.

물론 한빈은 그 제안을 뿌리쳤다.

비록 상상 속이지만, 무영에게 코를 꿰이고 싶지 않아서였다.

진짜 중이 된다는 것은 상상도 할 수 없었다.

거기에 소림의 계율은 얼마나 엄격하던가?

뭐 하나 일을 하려고 해도 절차를 밟는 데만 한 달은 족히 걸릴 것이다.

하지만 한빈은 진심으로 무영을 존경하고 있었다.

무영칠성권에 수많은 천급 구결을 뿌리고 갔으니 심상 수련의 효과는 값지다고 볼 수 있었다.

그때였다.

한빈의 귓가에 웃음소리가 들려왔다.

"껄껄."

그 웃음소리에 고개를 들어 보니 팽혁빈이 두 팔을 벌리고 있었다.

드디어 현실로 돌아온 것이다.

심상 수련의 백 일이 현실에서는 얼마나 지났을까?

한빈이 고개를 갸웃하고 있을 때였다.

팽혁빈이 벌린 두 팔로 한빈을 안았다.

"아우야, 축하한다."

"축하라니, 그게 무슨 말씀입니까?"

"왜 모른 척하느냐?"

"모른 척하다니, 아우는 무슨 말인지 모르겠습니다."

"누가 봐도 깨달음을 얻은 눈빛인데 시치미를 떼는구나. 내 말이 틀렸더냐?"

"제가 얼마나 눈을 감고 있었습니까?"

"흠, 시간이 짧은 것이 흠이긴 한데……."

"얼마나 걸렸습니까?"

"네가 무아지경에 든 시간은 불과 반 시진 정도였다."

"아, 그랬군요."

"그랬다니? 그게 무슨 말이더냐?"

"무아지경에 든 게 아니었습니다. 그저 잠시 졸았을 뿐입니다. 지금 제 모습을 보시면 아실 게 아닙니까. 가부좌를 튼 모습도 아니고 그냥 졸던 모습 아닙니까?"

"어?"

팽혁빈이 당황한 표정으로 한빈을 살폈다.

한빈의 말에는 틀린 점이 없었다.

오죽하면 팽혁빈도 처음에 한빈이 졸고 있다고 생각하지 않았던가?

그런데 중간중간 의미심장한 표정 때문에 깨달음을 얻었다고 생각을 바꾼 것이었다.

팽혁빈은 조용히 고개를 뒤쪽으로 돌렸다.

그의 뒤쪽에는 한빈을 겹겹이 에워싸고 있는 인물들이 있었다.

적혈맹호대와 수많은 독인들이었다.

그들은 저마다 입맛을 다시고 있었다.

몇몇 인물들은 실망감을 감추지 못하고 있었다.

그중 가장 실망한 것은 백주천이었다.

팽혁빈이 백주천을 향해 짧게 말했다.

"제 아우가……. 그렇다는군요."

"허허, 나는 기연이라도 얻은 줄 알았는데 아쉽구려."

백주천이 고개를 흔들었다.

그 옆에 있던 문도희도 안타깝다는 듯 한숨을 쉬고 있었다.

그들의 모습에 한빈이 말했다.

"배불리 먹었으면 그게 가장 큰 깨달음이 아니고 뭐겠습니까."

말을 마친 한빈은 조용히 자리를 떠났다.

그 모습에 독인들은 고개를 끄덕였다.

한빈의 말 한마디가 어느 고승이 던지는 화두처럼 느껴졌기 때문이다.

백주천은 그제야 자신의 접시를 바라봤다.

이곳에서 만찬을 모두 먹은 사람은 한빈밖에는 없었다.

한빈이 무아지경에 든 이후로는 주변을 경계하느라 정신이 없었던 것.

비록 반 시진밖에 안 됐지만, 그 시간만큼은 만찬도 잊고 한빈에게만 집중했다.

백주천이 막 만찬에 손을 대려 할 때였다.

적혈맹호대의 대원 중 하나가 백주천에게 다가왔다.

그 대원은 다름 아닌 심미호였다.

심미호는 눈을 반짝이며 백주천에게 말했다.

"문주님, 저도 맛보고 싶은데요."

"심 부대주의 부탁이라면……."

백주천은 자신의 만찬을 덜어서 심미호에게 건넸다.

그때였다.

다른 대원들이 독인들에게 너도나도 달려들기 시작했다.

보기에도 끔찍한 독충을 서로 먹자고 달려드는 것이다.

그뿐만이 아니었다.

팽혁빈마저도 문도희의 옆에 붙었다.

그 모습에 백주천이 적혈맹호대 대원에게 물었다.

"아까는 기겁하더니 지금은 왜 먹으려 하는 것이오?"

"우리 주군이 이 음식 때문에 깨달음을 얻으신 것 같아서요."

"아까 본인 입으로 그냥 졸았다고 하지 않았소?"

백주천의 말을 듣던 심미호가 툭 내뱉었다.

"그걸 믿으세요?"

"……."

백주천은 아무 말도 하지 않았다.

옆에서 지켜본 바로는 잠깐 졸았던 것 같기도 하고 약간의 깨달음을 얻은 것 같기도 했다.

백주천이 진짜 놀란 것은 심미호의 말 때문이었다.

목숨을 걸고 주군을 보호하던 이가 바로 심미호였다.

그런데 주군이 한 말을 믿지 못한다니!

과연 이들의 진정한 관계는 뭘까?

그것도 잠시, 백주천은 조용히 미소 지었다.

지금 그들의 모습이 중요한 게 아니었다.

얼마 전까지 목숨을 걸고 독인들을 지켜 주었던 그들의 본모습이 진짜라고 생각했다.

미소 짓던 백주천이 조용히 고개를 돌렸다.

그곳에는 밖으로 나가서 먼 산을 바라보는 한빈의 옅은 그림자가 드리워져 있었다.

나머지 사람들도 마찬가지였다.

그들은 모두 한빈을 바라보고 있었다.

그들의 시선에도 아랑곳하지 않고 한빈은 조용히 먼 산을 바라봤다.

동시에 한빈은 자신의 몸을 만져 봤다.

단순한 깨달음의 정리가 아니었다.

한빈은 지금 추리를 하고 있었다.

심상 수련이 끝나고 자신의 몸을 살펴보니 무영과 마지막에 겨뤘던 흔적이 고스란히 남아 있었다.

여기저기가 욱신거리는 걸 보니, 이는 분명히 심상 수련을 했다는 증거였다.

한빈은 팔뚝을 걷었다.

팔뚝에는 무영칠성권을 주고받으면서 입었던 상처가 그대로 남아 있었다.

물론 심화편의 구결로 회복했기에 상처는 옅어졌다.

대체 꿈인지 생시인지 모를 기연이었다.

같은 시각 악필승을 깜짝 놀라 엉덩방아를 찧었다.

늙은 중이 자신의 바짓가랑이를 붙잡고 있은 지 반 시진 정도가 지났을 때였다.

늙은 중은 드디어 바짓가랑이를 놓았다.

악필승은 그때를 놓치지 않고 그대로 튀었다.

기회가 있을 때 튀어야 한다는 것은 이미 천수장 때 깨쳤다.

그때 늙은 중이 악필승의 앞에 나타난 것이다.

뒤로 넘어진 악필승이 물었다.

"헉, 언제 일어나셨습니까?"

"혹시 지금 도망가려는 것이냐?"

"제가 왜 도망갑니까? 무당산까지 동행하기로 어르신과 약속하지 않았습니까?"

"흠, 그랬었지……. 도망가려고 뒷걸음친 건 아니지?"

"천벌을 받을 소리는 하지 마십시오. 그런데 무슨 잠을 그렇게 깊이 주무셨습니까?"

"말도 말게. 참으로 묘한 꿈이었어."

"무슨 꿈인데 그러십니까?"

"이건 태몽 같기도 하고……."

"헉, 무슨 중이 태몽을 꿉니까?"

"출가했다고 태몽을 못 꾸나?"

"그럼 출가인이 태몽을 꾸는 것이 정상입니까? 혹시 숨겨놓은 자식이라도 있으신 겁니까?"

"허, 못 하는 말이 없군."

"그럼 태몽을 꾸는 것은 정상입니까?"

"출가인은 제자를 들일 때 태몽을 꾼다네."

"아, 제자들을 들일 때라면 조금 이해가 갑니다."

악필승이 고개를 끄덕였다.

생각해 보면 제자란 자식과도 같은 존재가 아니던가?

제자를 들이기 전 꾸는 꿈이라면 태몽이 맞을 수도 있었다.

알겠다는 듯 고개를 끄덕이던 악필승이 눈을 가늘게 떴다.

제자를 들일 때 꾸는 태몽이라니!

호기심이 동할 수밖에 없었다.

"혹시 어떤 태몽이었는지 여쭤봐도 되겠습니까? ……아, 아닙니다. 길몽은 숨기는 게 좋다고 했으니 말씀 안 해 주셔도 됩니다."

"허허. 길몽은 길몽인데……. 얘기 못 할 꿈은 아니었네. 내가 본 건 붉은 용이었네."

"붉은 용이요?"

"정확히는 붉은색 무복을 입은 젊은이였다. 어찌나 나를 귀찮게 하던지……."

그는 말을 끊고 삭신이 쑤신다는 표정으로 여기저기를 두드렸다.

그 모습에 악필승은 호기심을 억누를 수 없었다.

악필승의 머릿속에 떠오르는 붉은 무복의 사내는 딱 한 명이었다.

그런데 그것은 불가능했다.

아무리 악필승의 주군인 한빈이 예측 불허의 인간이라고
는 하지만, 오십 년간 면벽했다는 땡중의 머릿속에 들어갈
수는 없었다.

"혹시 얘기 좀 더 들어 볼 수 있을까요?"

"음, 나도 입이 근질거려서 힘들었던 참이야. 내 어깨나 두
드려 보게."

"네, 알겠습니다."

악필승은 어깨를 두드리며 슬쩍 눈치를 봤다.

늙은 중의 눈빛이 살짝 달라져 있었다.

귀찮으면서도 그리워하는 듯한 묘한 감정.

그때 늙은 중이 입을 열었다.

"그러니까, 내가 그놈을 만난 것은 향로봉의 정상이었
어……."

늙은 중의 꿈은 제법 길었다.

그는 꿈속이 그리운 듯 아련한 눈빛으로 쉬지 않고 설명을
이어 나갔다.

설명을 듣던 악필승은 까무러칠 정도로 놀랐다.

필시 늙은 중에게 신통력이 있는 것이 분명했다.

그러지 않고서야 자신의 주군을 이렇게 자세히 묘사할 수
는 없었다.

이건 완벽한 하북팽가의 사 공자였다.

대체 어떻게…….

악필승의 눈빛이 살짝 떨렸다.

그 모습에 늙은 중이 물었다.

"왜 그리 놀라나? 그래……. 꿈치고는 너무 생생했던 거야. 그러고 보니 백 일은 굶은 것 같네. 어서 상 좀 봐 오게."

"아까 차려 놓은 상이 식지도 않았습니다. 여기 있습니다."

악필승이 상을 내밀자 늙은 중이 얼른 젓가락을 들었다.

늙은 중은 게걸스럽게 음식을 먹으면서도 쉬지 않고 말을 이었다.

"자네가 궁금하다니 조금 더 얘기하지."

"궁금한 건 아닌데, 이상한 점이 있어서요."

"이상하다니, 그게 무엇인가?"

"말씀하시는 거 보면 엄청나게 시달리신 것 같은데, 눈빛을 보면 좋아하시는 것 같기도 하고요."

"당연히 기특하지. 내가 그놈한테 얻어먹은 술이 얼만데!"

"시도 때도 없이 뒤통수를 쳤다면서요?"

"그건 나도 마찬가지였어. 꿈속에서 그렇게 치열하게 싸워 보기는……. 아니, 꿈속이 아니라 현실에서도 그리 싸워 본 적은 없네. 싸우면서 정이 들었다고 할까."

늙은 중의 눈이 다시 아련해지자 악필승이 물었다.

"혹시 그 붉은 무복의 사내 말입니다, 사악하지는 않던가요?"

"사악하다고? 뭐, 어찌 보면 그리 보일 수도 있겠지."

"아무래도……."

악필승이 말끝을 흐리자 늙은 중이 말을 이었다.

"왜 그러는가?"

"아무것도 아닙니다."

악필승은 말을 아꼈다.

늙은 중이 의심 가득한 눈초리로 악필승을 바라봤다.

"수상한데?"

"뭐가 수상합니까? 어르신."

"자네 표정을 보니 내가 말한 친구를 아는 것 같네만……."

늙은 중이 눈을 가늘게 뜨고 악필승의 표정을 살폈다.

눈에서 흘러나오는 광채는 마치 마음을 꿰뚫어 볼 것 같았다.

악필승은 재빨리 표정을 수습했다.

"제가 어르신이 꿈속에서 본 사람을 어떻게 압니까요?"

"허허, 생각해 보니 그렇군."

"네, 당연하지요."

악필승은 두 손을 휘휘 내저었다.

사실 악필승도 궁금하기는 똑같았다.

늙은 중이 꿈속에서 봤다고 말한 이는 누가 봐도 자신의 주군인 하북팽가의 사 공자였다.

늙은 중이 꿈속에서 하북팽가의 사 공자를 봤다고?

이건 말도 되지 않았다.

요즘 주군이 강북에서 유명해지긴 했어도, 아직도 강남 쪽에서는 아는 이들이 별로 많지 않았다.

늙은 중의 말이 사실이라면 그는 오십 년을 동굴에 갇혀 지내던 인물이었다.

그렇다면?

늙은 중이 하북팽가의 사 공자인 주군을 알 수는 없었다.

신통력이라도 있는 것일까?

악필승은 자신도 모르게 늙은 중을 살피기 시작했다.

늙은 중은 악필승이 만든 음식을 게걸스럽게 입에 넣고 있었다.

무공은 고강할지 몰라도 신통력은 없어 보였다.

신통력도 없는데 어떻게 듣도 보도 못한 사람이 나올 수가 있겠는가?

악필승을 계속해서 늙은 중의 눈치를 봤다.

늙은 중의 앞에 있던 접시는 벌써 비어 있었다.

마치 오랫동안 굶은 사람 같았다.

접시가 깨끗해지자 늙은 중은 조용히 어딘가를 바라봤다.

늙은 중이 바라보는 곳은 무당산이 있는 방향이었다.

그의 입에서 한숨이 흘러나왔다.

"휴, 꺼억."

한숨인지 트림인지 모를 묘한 소리를 낸 늙은 중이 다시 고개를 돌렸다.

늙은 중의 눈빛에는 복잡한 감정이 섞여 있는 듯 보였다.

그는 복잡한 감정으로 다시 악필승을 바라봤다.

그 눈빛은 진짜 모르냐고 마지막으로 묻고 있는 것 같았다.

악필승은 이를 악물고 표정을 수습했다.

지금 알은척을 하는 것이 복보다 화가 될 것 같아서였다.

이대로라면 자신의 주군과 늙은 중은 무당산에서 만날 수밖에 없다.

그렇다면?

그 모습에 늙은 중이 피식 웃었다.

"나는 소림의 무영이라고 하네."

"왜 갑자기 이름을 밝히십니까?"

악필승이 시큰둥한 표정으로 그를 바라봤다.

표정과는 달리 악필승은 뛰는 가슴을 진정시켜야 했다.

원래 이 바닥에서는 이름을 밝히면 둘 중 하나였다.

적이거나 아니면 친구거나!

적이라면 숨통을 끊기 전 보여 주는 마지막 자비일 테고, 친구라면 자연스러운 인사.

지금 무영이라는 늙은 중의 눈을 봐서는 전자인지 후자인지 감조차 오지 않았다.

여기서 문제는 무영이란 이름은 들어 본 적이 없다는 점이었다.

이름을 밝혔을 때나 안 밝혔을 때나 무공이 강한 땡중으로 보일 뿐이었다.

악필승의 표정에 무영이 피식 웃었다.

"어째 표정이 내 두 번째 제자와 똑같구나."

"제 표정이요?"

"떨떠름한 것이 아주 똑같아."

말을 마친 무영이 피식 미소를 짓자 악필승은 고개를 갸웃했다.

마치 자신과는 전혀 상관없는 말로 들렸기 때문이다.

악필승은 황당하다는 듯 무영을 바라봤다.

그러다가 문득 무영의 제자에 대해 호기심이 생겼다.

"어르신의 제자가 두 명입니까?"

"첫 번째는 약하디약한 어린 중 놈이고, 두 번째는 비밀이라는 말을 입에 달고 사는 놈이네."

"혹시 꿈속에서 본 사내 말입니까?"

"왜 그리 놀라나?"

"꿈에서 제자를 들인다는 얘기는 처음 들어 봤습니다."

"꿈이든 생시이든 그게 무슨 상관인가? 하늘 아래는 모든 것이 똑같을 뿐일세."

이때만큼은 가끔 보이는 고승의 모습이었다.

악필승은 고개를 흔들며 말을 이었다.

"그런 말씀 하지 마십시오. 안 어울립니다."

"허허."

다시 터져 나오는 현기 어린 웃음소리에 악필승이 물었다.

"그럼 제자가 두 명인 겁니까?"

"제자는 두 명인데, 이제는 사손을 봐야 할 때가 아닌 듯싶네."

"사손이라니요?"

"방금 내 첫 번째 제자에게 줄 인재를 하나 발견했네."

"인재요?"

"바로 자네일세."

"네?"

악필승의 눈이 한계까지 커졌다.

전혀 예상 못 한 상황이었다.

잠시 멍하니 상대를 바라보던 악필승이 힘들게 입술을 뗐다.

"제가 왜 어르신의 사손입니까?"

"내 제자가 아니라서 불만인가? 무림에도 배분이 있는 법. 자네는 내 제자가 될 배분은 아니지 않은가? 너무 욕심을 내면 탈이 나게 마련이네."

"그, 그게 아니라…… 제가 왜 중이 되어야 하느냐는 말입니다."

"자네가 마음에 들었네."

"제 생각하고는 상관없이 사손이라니요?"

악필승은 나름대로 목소리를 높였다.

이것은 말도 안 되는 상황이었다.

황당한 상황에서 무영이 고개를 갸웃했다.

"자네의 의향이 중요하던가?"

"그야 당연히……."

악필승은 말을 맺지 못했다. 갑자기 무영이 기세를 피워 올렸기 때문이다.

얼굴이 따끔거릴 정도의 기세는 분명히 살기였다.

악필승은 속으로 비명을 질렀다.

이것은 분명 일생일대의 위기.

머리를 굴리던 악필승이 재빨리 말을 이었다.

"잠시만요. 어르신의 첫 번째 제자가 저를 싫어할 수도 있지 않습니까?"

"그럴 리는 없네. 제자 놈 취향이 나랑 똑같거든."

말을 마친 무영이 입맛을 다셨다.

이쯤 되자 이제는 상대가 소림의 승려가 아닐 수 있다는 생각까지 들었다.

그때 무영이 물었다.

"싫은가?"

"그런데 저를 사손으로 삼으시려는 이유를 여쭤봐도 될까요?"

"별 이유가 있겠나. 자네의 요리가 내 입맛에 맞으니 사손으로 삼으려는 게지. 사손으로 삼으면 평생 옆에 놔둘 수 있을 게 아닌가?"

"그럼 아까 말씀하신 취향이라는 것이……."

"음식을 말하는 걸세."

그의 말에 악필승의 표정이 시시각각 변했다.

상황이 어디서 많이 겪어 본 것 같았다.

"혁, 그럼 저를 공짜로 부려 먹으려는……."

악필승은 재빨리 말을 멈췄다.

상대의 눈빛이 변했기 때문이다.

악필승이 느끼기에는 무영의 눈빛은 마치 생쥐를 눈앞에 둔 구렁이와도 같았다.

그때 무영이 아무렇지 않게 말을 이었다.

"덕망 높은 고승을 사부로 모시는 것도 복인 게지. 싫은가?"

무영의 목소리는 부드러웠지만, 그의 눈빛은 아직도 흉흉했다.

이쯤 되자 악필승은 살아남을 방법을 찾아야 했다.

자칫 잘못하다가는 계획에도 없는 중이 될 판이었다.

치열하게 머리를 굴리던 악필승의 표정이 변한 것은 찰나였다.

악필승은 마치 하늘에서 내려온 동아줄을 발견한 듯 눈을 빛냈다.

"그건 안 됩니다."

"왜 안 된다는 건가?"

"제 주군이 허락하지 않으실 겁니다."

이 말은 진심이었다.

지금 그의 손에서 벗어날 방법은 이것뿐이었다.

하북팽가 사 공자인 한빈과는 계약서로 맺어진 끈끈한 관계.

지금만큼 전에 써 놨던 계약서가 든든한 적이 없었다.

주군, 즉 한빈이라면 땡중에게서 자신을 구해 줄 것이 분명했다.

제법 당당한 악필승의 말에 무영이 입꼬리를 올렸다.

"어차피 자네의 주군이란 사람은 한번 보기로 하지 않았나? 그때 내가 얘기하지."

"알겠습니다, 어르신."

악필승이 가볍게 고개를 숙였다.

그때 무영이 다시 말을 이었다.

"말을 많이 해서 그런지 또 배가 고프군."

"아…….."

악필승은 다시 한번 이번 일이 끝나면 눈앞의 땡중과 엮이지 말아야겠다는 결심을 했다.

사흘 후.

한빈 일행은 쉬지 않고 영웅 대회가 열리는 무당산까지 달려왔다.

이곳으로 오는 동안 한빈은 낭인왕 이세명으로부터 쪽지를 받았다.

그것은 미리 무당산에 가 있겠다는 전언이었다.

덕분에 이세명으로부터 북해의 자세한 소식을 듣는 것은 조금 미뤄야 했다.

한빈이 앞으로의 계획을 떠올리고 있을 때였다.

앞서가던 심미호가 번쩍 손을 들어 올렸다.

"모두 정지."

일행을 멈춘 심미호는 재빨리 한빈의 곁으로 다가왔다.

그 모습에 한빈이 물었다.

"심 부대주, 무슨 일이지? 산문에 도착하려면 한참 남았을 텐데."

"요 앞에 해검지가 있다고 해서요."

"내가 알기로는 해검지에 도착하려면 한참 남았는데?"

"해검지까지 가는 줄이 제법 길어요."

"줄이 길다고?"

"다들 해검지까지 가려고 줄을 서 있어요. 저도 이렇게 긴

줄은 처음이에요.”

“흠.”

고개를 갸웃한 한빈은 심미호의 안내를 받아 해검지가 있다는 곳으로 향했다.

얼마 안 가 한빈은 다시 멈춰 서야 했다.

길게 줄을 선 무인들 때문이었다.

심미호의 말 그대로였다.

어찌 보면 심미호가 설명한 상황보다 더 대단했다.

줄은 끝이 보이지 않았다.

거기에 올라가는 이들은 하나도 빠지지 않고 줄을 서고 있었다.

이것은 전생에도 경험 못 한 일이었다.

한빈이 고개를 갸웃하자 심미호가 그 줄을 가리켰다.

“이 줄이 해검지로 가는 줄이라고 해요.”

“그건 들어서 알고 있어, 심 부대주.”

“우리도 빨리 줄을 서야 할 것 같아요.”

“뭔가 이상한데…….”

“오랜만에 열리는 영웅 대회잖아요. 이럴 때 아니면 무당에 올 일도 없고요. 그래서 인원이 제법 되나 봐요.”

심미호는 자신이 알아 온 얘기를 늘어놨다.

대충 들어 보니 중간중간 무당파의 도사들이 줄을 관리하고 있다고 했다.

그때였다.

뒤쪽에 있던 팽혁빈이 한빈의 어깨를 토닥였다.

"아우야, 심 부대주의 말대로 일단 우리도 줄을 서야 할 것 같구나."

"네, 형님."

한빈은 고개를 끄덕였지만, 눈빛에 서린 의구심은 사그라들지 않았다.

해검지(解劍池)라?

해검지란 병장기를 보관하는 장소를 말한다.

무당을 방문한 무림인은 해검지에 자신의 병장기를 풀어놓고 들어간다.

사실 처음부터 무당파가 강요한 것은 아니었다.

이백 년 전 황권의 승계를 앞둔 황태자가 호위들과 무당을 오르면서 산문의 앞에 있는 연못에 그의 검을 두고 간 것이 시초였다.

황태자는 호위들도 모두 무장을 해제시켰다.

이유는 간단했다.

도교의 성지에 오르면서 무장을 하는 것은 예의가 아니라는 이유였다.

나중에 알려진 말에 의하면 황태자의 행동에는 한 가지 이유가 더 있었다고 전해졌다.

무당파의 도인이 마음만 먹으면 호위의 무력 따위는 문제가 안 된다고 판단한 것.

각을 세울 근거를 아예 없애고 상대에게 믿음을 보여 준 것이다.

이런 행동은 황태자에게 실질적으로 도움이 되었다.

무당을 중심으로 한 구파일방의 신망을 얻는 계기가 되었으니 말이다.

나라의 황태자가 이런 행동을 벌이자, 다른 이들도 이 행동을 따라 하기 시작했다.

덕분에 산문 앞 연못에는 해검지라는 별도의 이름이 생겼으며, 그 옆에는 해검각이라는 커다란 전각이 지어졌다.

해검지의 옆에 전각은 지은 이유는 간단했다.

처음에는 해검지에 병장기를 풀어놓고 가는 무인들의 행위에 무당의 도인들도 만족했다.

하지만 시간이 지나면서 하나둘 문제를 만들어 내기 시작했다.

그러지 않아도 축축한 연못 옆 거치대에 병기를 보관하다 보니 날붙이들이 상한 것.

거기에 더해 분실의 위험도 있었다.

덕분에 해검지와 해검각을 운영하는 무당도 점점 부담스러워진 것이 사실이었다.

남의 병장기를 온전히 보관해 주는 것은 불가능한 일이었다.

하지만 해검지를 없앨 수는 없었다.

해검지는 국가와 무림의 정치적인 이해관계가 만들어 낸 산물이었다.

겉으로는 무당의 것이지만, 무림 전체의 명소가 되어 버렸다.

그래서 선택한 것이 바로 형식적인 해검지의 운영이었다.

문파의 대표로 한 명만이 해검지에 병장기를 풀어놓으면 예의를 지킨 것으로 간주했다.

그런데 지금 상황은 전혀 달랐다.

해검지로 가는 길에 이렇게 긴 행렬이라니?

해검지에 핀 꽃

한빈은 눈을 가늘게 뜨고 상황을 살폈다.

아직도 길게 늘어선 행렬은 줄어들 기미가 보이지 않았다.

한빈이 심미호를 바라봤다.

"이 줄이 진짜 해검지로 가는 행렬 맞아?"

"네, 맞아요."

"이 줄이 산문(山門)까지 쭉 늘어서 있다는 것이 이해가 되지 않네, 심 부대주."

"저기 보면 사천 무가지회에서 봤던 무인들도 있어요. 다들 줄 서 있잖아요."

심미호가 앞쪽을 가리켰다.

그녀의 말대로 눈에 익은 가문들이 줄을 서 있었다.

그때였다.

누군가 앞쪽에서 큰 소리로 외쳤다.

"형님!"

그 목소리에 눈을 가늘게 떠 보니, 산동악가의 깃발이 펄럭이고 있었다.

산동악가의 깃발 아래쪽에는 수염이 덥수룩하게 자란 거대한 덩치의 무인이 활짝 웃고 있었다.

그는 다름 아닌 악비광이었다.

한빈을 본 악비광이 한걸음에 달려왔다.

타다닥.

먼지구름을 일으키며 달려오는 악비광 덕분에 줄을 선 이들이 눈살을 찌푸렸다.

한빈의 앞에 온 악비광이 정중히 포권했다.

"형님, 오랜만에 뵙습니다."

"오랜만은 무슨……."

"반년 만이 아닙니까? 그 정도는 오랜만이죠. 이쪽으로 오시죠."

악비광이 앞쪽을 가리키자 한빈이 고개를 갸웃했다.

"어딜 가자는 거지?"

"제 앞에 서시는 게 좋을 것 같습니다, 형님."

"줄이 이렇게 있는데 앞에 서라고?"

"형님과 저는 가족 아닙니까? 형님이 제 옆에 서 있는데 누가 뭐라고 합니까?"

악비광이 앞쪽을 가리켰다.

그의 목소리는 덩치만큼이나 커졌다.

악비광의 호들갑에 앞쪽에 줄을 선 무인들이 술렁이기 시작했다.

"아니, 대놓고 새치기하겠다는 거야?"

"그러게 말일세."

"줄을 선 사람들이 바보도 아니고 말이야."

"허허, 내 무당만 아니라면 벌써 검을 뽑았을 것일세."

"지금이 어떤 세상인데 새치기를 한단 말인가?"

마치 한빈과 악비광이 들으라는 듯한 대화였다.

그들의 목소리는 제법 컸다.

사실 그들이 이렇게 큰 목소리를 낼 수 있는 것은 이곳이 무당이기 때문이었다.

만약 여기에서 문제를 일으킨다면 당사자는 모두 하산해야 한다.

이곳에서 문제를 일으킬 자는 없다는 걸 알기에 큰 목소리를 낼 수 있는 것.

그들의 대화를 들은 악비광의 눈썹이 꿈틀댔다.

당장이라도 창을 들어 올릴 기세였다.

흉흉한 분위기에 악비광과 시선을 마주친 자들이 재빨리 고개를 돌렸다.

갑자기 어색한 정적이 주변에 흘렀다.

그때 한빈의 입에서 웃음소리가 흘러나왔다.

"하하, 저들의 말이 맞네."

한빈은 진심으로 웃고 있었다.

이런 곳에서 힘을 뺄 필요는 없었다.

"그래도 형님……."

"나는 여기에 남는 거로 하지."

"그럼 할 수 없지요."

"올라가서 만나자고."

"네, 알겠습니다. 참, 제가 깜빡했네요."

"뭘 깜빡했다는 말인가?"

"축하드립니다, 형님."

"축하?"

한빈이 고개를 갸웃하자 악비광이 말을 이었다.

"유림 서원에서 수석으로 졸업하셨다는 얘기, 들었습니다."

악비광은 이전보다 목소리를 높였다.

앞쪽에 줄은 선 무인들의 시선이 한빈과 악비광 쪽으로 쏠렸다.

그들은 방금까지만 해도 한빈 일행을 불쾌한 표정으로 바라봤었다.

하지만 지금은 어느새 호기심 가득한 눈빛을 쏘아 보내고 있었다.

그들의 귀를 자극한 것은 바로 '유림 서원'과 '수석'이었다.

어떤 이는 마른침까지 삼킨다.

그들의 시선에는 아랑곳하지 않고 한빈이 귀찮다는 듯 손을 내저었다.

"별거 아닌 거로 호들갑 좀 떨지 말지."

"그게 별거 아니라니요. 그 소문 때문에 지금 난리가 났습니다."

"난리가 났다니?"

한빈이 영문을 모르겠다는 듯 고개를 갸웃했다.

그 모습에 악비광이 입꼬리를 올렸다.

"제가 아는 무림세가들은 모두 하북팽가 쪽으로 혼담을 넣는다고 들었습니다."

"혼담이라고?"

"당연하지 않습니까? 강호에서 형님만큼 문무를 겸비한 인재가 어디 있습니까?"

그 말에 한빈은 팽혁빈을 바라봤다.

팽혁빈이 슬쩍 고개를 돌린다.

아마도 악비광의 말이 사실인 것 같았다.

한빈은 고개를 돌린 팽혁빈의 어깨를 톡톡 쳤다.

"형님, 악 아우가 한 말이 진짜입니까?"

"흠, 맞는 말이긴 한데……."

팽혁빈이 살짝 고개를 돌리자 한빈이 다시 물었다.

"왜 말씀을 안 하셨습니까?"

"미안하다. 사정이 있어서 할 수 없이 모두 거절했다. 실망했느냐?"

"실망이라니요? 저는 아직 혼례 생각이 조금도 없습니다."

한빈이 살짝 고개를 숙이자, 팽혁빈이 그럴 줄 알았다는 듯 흐뭇한 미소를 지었다.

"다행이구나."

팽혁빈이 말한 사정이란, 바로 대공자인 그의 혼례가 먼저라는 원로들의 아우성 때문이었다.

덕분에 팽혁빈은 요즘 시달리고 있었다.

빨리 혼처를 정하라는 압력 때문이었다.

팽혁빈이 먼저 혼처를 정해야 한빈도 혼처를 정할 수 있다는 논리.

아우 때문에 시달리는 상황.

하지만 팽혁빈은 이 상황이 기뻤다.

잘난 아우를 둔 덕에 자신도 모르게 어깨에 힘이 들어가니 말이다.

옆에 있던 악비광이 피식 웃으며 팽혁빈에게 속삭였다.

"큰형님도 빨리 혼처를 정하셔야죠."

팽혁빈이 깜짝 놀라 악비광을 바라봤다.

생긴 것은 곰 같은데 하는 말을 보면 사람의 속마음을 꿰뚫어 보는 것 같았다.

팽혁빈이 미간을 좁히며 말했다.

"농담하지 말고 제자리로 돌아가게."

"하하, 알겠습니다."

악비광이 뒷머리를 긁적이며 몸을 돌렸다.

그가 아쉽다는 듯 입맛을 다실 때였다.

한빈이 악비광에게 쪽지 하나를 건넸다.

갑작스러운 상황에 악비광의 입꼬리가 올라갔다.

한빈이 작은 목소리로 말했다.

"악 아우, 이것 좀 부탁하네."

"뭔지는 몰라도 알겠습니다."

"그거 진심인가?"

"진심입니다. 우리 팽 형님 말이라면 무조건 따르겠습니다."

"후회할 텐데?"

"이 아우의 마음은 항상 변함없습니다."

악비광이 활짝 웃으며 다시 돌아섰다.

몇 걸음 걷던 악비광이 쪽지를 폈다.

순간 그의 눈이 보름달처럼 동그랗게 변했다.

악비광은 본능적으로 한빈이 있는 곳을 바라봤다.

그러고는 입 모양으로 말했다.

"정말입니까?"

"부탁하네, 악 아우."

한빈도 입 모양으로 답했다.

살짝 망설이던 악비광이 비장한 표정으로 걸음을 옮겼다.

그때 마침 앞줄에 서 있던 무사 중 하나가 소리 없이 한빈 쪽으로 걸어왔다.

지나오다 본 적이 없는 것으로 봐서 악비광보다 앞에 선 자 중 하나인 것 같았다.

자리로 돌아가려는 악비광과 중간에서, 마주친 상황.

걸어오는 무사를 본 악비광의 입가에서 희미한 미소가 피어났다.

동시에 악비광은 창을 움켜잡고는 걸어오는 무사의 시선을 살폈다.

조용히 걸어오는 무사의 눈빛이 한 곳에 고정되어 있었다.

무사가 바라보는 곳은 하북팽가가 있는 방향이었다.

악비광은 재빨리 보법을 밟았다.

다가오는 무사의 앞을 자연스럽게 막아선 악비광이 기세를 피워 냈다.

고개를 갸웃한 무사가 떨떠름한 표정으로 악비광을 바라봤다.

잠시 눈싸움이 계속되었다.

그러던 중 악비광은 악가창법 중 기본이라 할 수 있는 조호비창(朝虎飛槍)의 수법으로 창을 크게 휘둘렀다.

휘릭.

악비광의 기세가 주변에 휘몰아쳤다.

마치 아침에 일어난 호랑이가 포효하듯 악비광의 창에서 일어난 기운이 주변을 장악했다.

누구도 상상 못 한 공격이었다.

무사가 화들짝 놀라 뒷걸음쳤다.

마치 방아깨비가 뛰듯 그렇게 뒤로 날았다.

급하게 뒤쪽으로 물러서던 무사가 돌부리에 걸렸다.

무사가 제법 먼 거리를 뒤쪽으로 날아 엉덩방아를 찧었다.

그는 넘어진 상태로 어이가 없다는 듯 악비광을 노려봤다.

"성스러운 무당산에서 지금 이게 무슨 짓이요?"

"그건 내가 할 말이지. 지금 뭐 하는 거지?"

천천히 걸어간 악비광은 그에게 창을 겨눴다.

엉덩방아를 찧은 채 앉아 있던 무사가 뒤로 물러났다.

간격을 벌리고는 조심스럽게 일어난 무사가 다시 외쳤다.

"그게 무슨 자다가 태산압정 휘두르는 소리요?"

무사가 남들이 들으라는 듯 목청껏 외쳤다.

이제는 모두의 시선이 악비광과 사내에게 집중되었다.

그를 지켜보던 팽혁빈이 다급하게 나서려 했다.

그때 한빈이 팽혁빈의 소매를 잡았다.

"형님, 잠시만 지켜보시죠."

"아무래도 말려야……."

"여기가 어딥니까? 무당이 아닙니까? 그렇다면 저 싸움을 말려야 할 것은 무당의 도인이지, 우리가 아니지 않습니까."

"그래도 저러고 있는 것이 악 아우가 아니더냐?"

"악 아우가 어디서 맞고 다닐 사람은 아니지요."

"저 친구가 상대를 팰 것 같아서 하는 말이다."

"그것도 알아서 할 일입니다. 악 아우가 세 살 먹은 아이는 아니지 않습니까?"

"허, 그건 그렇다만은……."

팽혁빈은 놀란 표정으로 한빈과 악비광을 번갈아 봤다.

악비광이 누구던가? 아우인 한빈과는 의형제의 연을 맺은 인물이었다.

가끔 보면 아우의 말이라면 짚을 지고 불 속에라도 뛰어들어갈 인물이었다.

그런데 이리 모른 척하다니?

팽혁빈은 아우가 이해되지 않았다.

모두가 걱정스러운 눈빛으로 대치한 악비광과 사내를 보고 있을 때였다.

사내가 기분 나쁜 듯 검을 뽑아 들었다.

스릉.

그도 이제는 가만히 있지 않겠다는 표정이다.

사내의 입술이 달싹였다.

"우리 광동진가는 이런 모욕을 참을 수 없소."

"광동진가라?"

"십대세가는 아니지만, 우리 광동진가의 명성도 산동악가에 만만치 않을 터. 어서 덤비시오. 그대와 나, 둘 중 하나가 쓰러질 때까지!"

사내는 생사결을 제안했다.

그 모습에 악비광이 창을 꼬나 쥔 채 천천히 앞으로 다가갔다.

그 모습에 구경꾼들은 마른침을 삼켰다.

무당산에서 생사결이 펼쳐진 적은 한 번도 없었다.

그것은 도교의 성지인 무당에 대한 예의.

한데 지금 날붙이가 섞이기 일보 직전이 아닌가?

행렬의 사람들은 이들과 관여되기 싫다는 듯 뒤쪽으로 살짝 물러났다.

철저한 방관자가 되고 싶은 것이다.

한빈도 마찬가지였다.

그저 팔짱을 끼고 상황을 지켜볼 뿐이었다.

다만 다른 이들이 악비광과 광동진가의 무사를 바라보고 있을 때, 한빈은 그들이 아닌 주변을 살피고 있었다.

주변을 살피는 한빈의 표정은 여유롭기만 했다.

물론 눈빛만은 달랐다.

한빈의 눈빛은 용린검법의 구결을 확인할 때만큼 빛났다.

악비광과 광동진가 사내의 간격이 점점 좁혀졌다.

이제 창을 뻗으면 닿을 거리.

악비광이 창을 들었다.

휙!

단순한 동작 하나만으로 파공성이 일었다.

광동진가의 사내가 기수식을 취했다.

두 병장기가 예기를 발하자 주변 구경꾼들은 눈도 깜빡이
지 않았다.

세상에서 가장 재미있는 것이 싸움 구경이라는 말이 맞는
것 같았다.

그때였다.

악비광의 창이 움직였다.

동시에 광동진가 무사의 검이 횡으로 움직인다.

악비광의 창이 방향을 바꾸어 횡으로 날아오는 검을 막았
다.

챙!

요란한 소리가 주변에 울려 퍼졌다.

그때였다.

악비광이 어딘가를 바라봤다.

그러고는 창대를 바닥에 박았다.

팍!

바닥이 저항 없이 뚫리며 악비광의 창이 박혔다.

그 상태에서 악비광이 뒤로 물러났다.

창을 둔 채 뒤로 물러났다는 것은 싸울 의사가 없다는 것이다.

비장한 각오로 덤비던 광동진가의 무사가 멍하니 악비광을 바라봤다.

광동진가의 무사도 상대에 대해서 대충은 알고 있었다.

싸움에 미친 산동악가의 대공자.

강북의 쌈닭이라고 불리는 인물이 바로 악비광이었다.

한번 싸움이 붙으면 물러선 적이 없는 인물.

광동진가의 무사는 그 소문을 알기에 검을 뽑아 들었었다.

어차피 피할 수 없는 싸움이라면 명예라도 지키는 것이 낫다는 생각이었다.

그런데 악비광이 갑자기 물러나자 판단이 서지 않았다.

물론 구경꾼들도 당황하기는 마찬가지였다.

일촉즉발의 상황에 악비광이 창을 바닥에 꽂고 한 발 물러났다.

광동진가의 무사도 섣불리 달려들지는 않는 모습이다.

둘은 다섯 걸음 정도 떨어져 서로를 바라보기만 했다.

마치 시간이 멈춰 있는 느낌마저 들었다.

시간의 흐름을 깨닫게 해 주는 것은 구경꾼들의 웅성거림이었다.

구경꾼들의 입은 쉬지 않고 움직였다.

"산동의 미친개가 이대로 물러난다고?"

"이런 경우는 듣도 보도 못했네. 산동의 미친개가 저럴 리 없어."

'산동의 미친개'는 악비광의 별명이었다.

무작정 상대에게 대드는 버릇 때문이었다.

이런 성격은 한빈과의 만남 이후로 많이 줄어들었지만, 그의 본성은 어디 가지 않았다.

그런데 악비광이 창을 꽂고 물러나자 구경꾼들은 이해가 되지 않았던 것.

구경꾼 중 하나가 눈을 가늘게 뜨더니 악비광을 가리켰다.

"저길 자세히 보게."

"뭘 보란 말인가? 그냥 눈싸움만 하고 있지 않은가?"

"저 자세를 보면 권법으로 대결하자는 게 아닐까?"

"아, 그렇군. 병장기를 버린 것을 보면 권법으로 바꾸자는 의도 같군. 그런데 왜 갑자기……."

"그야 당연하지 않은가? 여기서 일이라도 생기면 당장 쫓겨날 게 아닌가?"

"그건 그렇군. 무당의 말코 도사 놈들에게 무안을 당하기 전에 병장기를 내려놓고 겨루자는 뜻이구면."

그들은 마침내 결론을 냈다.

구경꾼들의 결론은 합당했다.

무당산은 도교의 성지.

그런데 여기서 피를 본다면?

이번 영웅 대회의 실질적인 개최자인 무당파에 의해 쫓겨날 것이 분명했다.

그들은 다시 마른침을 삼키며 상황을 지켜봤다.

그것도 잠시, 아무 일도 없자 구경꾼들은 다시 입술을 움직였다.

"그런데 왜 가만히 있지?"

"그러게 말이네."

"소문난 잔치에 먹을 것 없다더니…… 이렇게 시시하게 끝나는 건 아니겠지?"

어떤 이들은 악비광과 광동진가 무사를 자극하려는 듯 목소리를 높였다.

그들의 말에 광동진가의 무사가 반응했다.

마치 구경꾼들에게 모욕이라도 당한 것처럼 얼굴이 붉으락푸르락해지더니 검을 바닥으로 던졌다.

푹.

던진 검이 바닥에 반쯤 박혀 들었다.

검을 바닥에 꽂은 그는 주먹을 말아 쥐었다.

말아 쥔 주먹을 앞으로 내뻗은 광동진가의 무사.

하지만 악비광은 아무렇지 않게 팔짱을 끼고 있었다.

그 모습에 광동진가의 무사가 물었다.

"지금 뭐 하는 건가? 끝장을 볼 것이라면 어서 들어오게."

"그게 무슨 말인가?"

"먼저 시비를 걸었으면 끝장을 봐야지! 왜 그리 똠을 들이나?"

"시비라고? 누가? 내가?"

연달아 질문을 던지는 악비광은 당당하게 가슴을 활짝 폈다.

갑작스러운 상황에 광동진가 무사의 표정이 구겨졌다.

"내게 모욕을 주려는 겐가? 먼저 창을 휘둘러 놓고 모른 척하면 어쩌자는 거지? 여기 있는 모두가 두 눈으로 똑똑히 보았다네."

광동진가의 무사가 고개를 돌려 구경꾼들을 바라봤다.

구경꾼들은 광동진가 무사의 목소리에 호응했다.

"저자의 말이 맞지. 먼저 시비를 건 것은 미친……. 아니 악비광 아닌가?"

"그렇지. 그런데 지금 무슨 말을 하는 거지?"

"확실히 미친……."

그들은 다급하게 말을 끊었다.

구경꾼들의 목소리에 악비광이 험악한 인상을 지었기 때문이다.

구경꾼들을 쏘아본 악비광이 다시 말을 이었다.

"왜 우리 형님을 해치려 했지?"

갑작스러운 말에 모두가 고개를 갸웃했다.

구경꾼들뿐 아니라 광동진가의 무사도 황당하다는 듯 미

간을 좁혔다.

"그게 무슨 말이지? 갑자기 형님이라니?"

"그 상자에 들어 있는 건 암기가 아닌가?"

악비광이 광동진가 무사의 허리 쪽을 가리켰다.

그곳에는 손바닥만 한 나무 상자가 있었다.

광동진가의 무사는 재빨리 나무 상자를 잡아채 뒤로 숨겼다.

그 모습에 악비광이 다시 말했다.

"거봐, 아무리 봐도 수상하잖아."

"이게 어쨌다는 말이오?"

"당신은 암기를 숨긴 상태에서 우리 형님을 보고 있었어."

"잠깐!"

광동진가의 무사가 장풍이라도 쏠 것처럼 손바닥을 내밀었다.

"변명거리라도 찾았나?"

"변명이 아니고 해명해야 할 건 당신이오. 내가 알기로는 당신은 악가의 대공자인데, 형님이 어디 있소?"

"내 의형이 뒤쪽에 있네."

악비광이 엄지를 세우더니 뒤쪽을 가리켰다.

모두의 시선이 뒤쪽으로 쏠렸다.

그곳에는 하북팽가의 행렬이 있었다.

구경꾼과 광동진가의 무사가 바라보는 방향에 있는 자는

팽혁빈이었다.

난데없이 몰린 시선에 팽혁빈이 난감한 표정을 지었다.

그때 악비광이 외쳤다.

"그쪽이 아니라 그 옆이오! 저기 붉은 무복을 입은 분이 내 의형이시오!"

"붉은 무복이라면……."

"오호, 역시 알고 있었군. 암기를 들고 내 형님을 노려보고 있지 않았소?"

"그, 그건 오해요. 이 상자에 든 것은 암기가 아니요."

"쇠붙이 냄새가 풀풀 나는 것으로 봐서 분명 암기가 맞아."

"아니라고 하지 않았소!"

"그럼 뭐지? 증명하려면 직접 보여 주는 게 빠르지 않나?"

"그, 그건 아니 되오. 이건 하북팽가의 사 공자에게 긴밀히 전할 물건이오."

"긴밀히……."

이번에는 악비광이 고개를 갸웃했다.

그것도 잠시, 뒤쪽에서 한빈이 외쳤다.

"악 아우, 그만 길을 터 주시게!"

"진짜 그래도 됩니까?"

"거기까지만 하면 되네."

"알겠습니다, 형님."

악비광이 바닥에 박힌 창을 뽑아 손에 들었다.

적의가 없는 악비광의 모습에 광동진가 무사도 검을 검집에 갈무리했다.

졸지에 백척간두에 서 있던 것 같은 상황이 마무리되었다.

광동진가의 무사는 조심스럽게 한빈이 있는 곳으로 다가갔다.

갑작스러운 상황에 구경꾼들이 웅성대기 시작했다.

"대체 지금 무슨 일이 일어난 거야?"

"그러게 말이야. 저기 있는 자가 하북팽가의 사 공자라는 거지? 하북팽가의 넷째는 처음 들어 보는데……."

"허허, 자네는 강남 사람이 맞는군."

"뭔 자다가 봉창 두드리는 소린가. 내가 강남 사람이 아니면 어디 사람이라는 말인가?"

"저 하북팽가의 사 공자를 모르니 하는 말일세."

"내가 알아야 하나? 저기 있는 대공자는 나도 안다네. 하북팽가에서 알아야 할 사람은 가주와 저기 있는 대공자 아닌가?"

구경꾼이 고개를 갸웃하자 상대가 피식 웃으며 말을 이었다.

"자네, 청운사신과 적룡대협은 들어 봤나?"

"그걸 모르면 첩자지."

"그러니 말일세. 저기 있는 하북팽가의 사 공자가 둘의 공동 전인이라네."

"헉, 그 말이 진짜인가?"

그들의 대화에 구경꾼들이 술렁이기 시작했다.

구경꾼들 일부가 하북팽가의 사 공자인 한빈에 대해 아는 것을 털어놓기 시작했다.

대부분이 다른 이들은 믿을 수 없는 이야기였다.

하지만 호기심을 돋우기에는 충분한 화제였다.

그들의 시선은 어느덧 한빈에게 고정되었다.

드디어 광동진가의 무사가 한빈의 앞에 섰다.

술렁이는 분위기에도 한빈은 아무렇지 않게 상대를 맞았다.

"팽가의 넷째 팽한빈이라고 합니다."

"저는 광동에서 온 진두개라고 합니다."

"광동 지역에서 권 장법으로 유명하다는 광동진가의 대공자 아니십니까? 진 소협의 명성은 익히 들었습니다."

"알아봐 주시니 감사합니다."

"아까 들어 보니 저를 찾으신다고요?"

"네, 그렇습니다. 사실 이걸 전해 드리고 싶었습니다."

진두개가 뒤쪽에 감추었던 나무 상자를 열었다.

그 상자를 본 한빈이 고개를 갸웃했다.

상자에서는 악비광의 말대로 쇠붙이 냄새가 났다.

거기에 더해서 고급스러운 향기도 흘러나왔다.

상자 속에 들어 있는 것은 쇠붙이와 향낭이 분명했다.

한빈의 표정을 본 진두개가 말했다.

"표정을 보니 상자에 뭐가 들어 있는지 알고 계시는 것 같군요."

"아마도 단검 같습니다만⋯⋯."

"허, 대단하십니다."

"대단한 건 아니고, 냄새로 알았습니다."

"저도 후각이 뛰어난 편이지만, 진짜 대단하십니다."

말을 마친 진두개가 상자의 뚜껑을 잡았다.

순간 옆에 있던 팽혁빈이 등 뒤에 멘 거도를 쥐었다.

뚜껑을 열려던 진두개가 손을 멈췄다.

순간 어색한 침묵이 흘렀다.

그 침묵을 깬 것은 팽혁빈이었다.

"단검이면 불손한 의도가 있는 것이 분명하다."

"형님, 진정하십시오. 불손한 의도가 있었다면 단검을 넣어 놨겠습니까? 그것보다 조금 더 은밀한 수법을 쓰겠죠."

"흠."

팽혁빈이 헛기침하며 진두개를 쏘아봤다.

한빈이 한 발 나서며 말했다.

"일단 보여 주시지요."

"그럼⋯⋯."

진두개가 미안한 표정으로 뚜껑을 열었다.

안에는 한빈이 짐작했던 대로 단검이 들어 있었다.

상자에 들어 있는 두 자루의 단검은 제법 화려했다.

은색 검집에는 원형의 무늬가 각인되어 있었으며, 손잡이에는 각각 청색 매듭과 붉은색 매듭이 달려 있었다.

두 개의 단검을 본 팽혁빈이 고개를 갸웃했다.

"이건 원앙검이 아닙니까?"

"우리 광동 지역의 풍습이지요."

"이걸 왜 제 아우에게……."

팽혁빈은 적잖게 당황했다.

날붙이라고 해서 긴장했는데, 상자 안에 들어 있는 것은 광동 지역에서 혼담을 넣을 때 쓰는 예물인 원앙검이었다.

팽혁빈의 표정을 본 진두개가 말을 이었다.

"그야 당연히 혼담 때문이겠죠. 우리 광동 지역에서는 혼담을 넣을 때 가문이 아닌 본인에게 전달합니다."

"그건 저희도 알고 있습니다. 그런데 왜?"

"……."

진두개는 답하지 않았다.

대신 원앙검을 재빨리 한빈에게 전했다.

그 모습에 팽혁빈은 어색하게 웃으며 진두개를 바라봤다.

원앙검은 그가 말한 대로 광동 지역의 풍습이 맞았다.

혼담을 넣을 때 원앙검 두 자루를 만들어 상대에게 전한다.

상대가 혼담을 받아들일 때는 붉은색 향낭이 달린 단검을 다시 돌려주면 된다.

그것이 혼담을 받아들이겠다는 의사 표시이다.

혼담을 받아들이지 않겠다면 그냥 원앙검을 보관하면 된다.

시일이 정해진 것도 아니다.

이것은 혼담을 넣은 쪽이나 받는 쪽 모두에게 부담이 가지 않는 방법이었다.

팽혁빈이 바라보는 사이, 한빈은 원앙검이 든 상자를 받았다.

그러고는 진두개에게 말했다.

"답은 천천히 해 드리면 되겠죠?"

"물론입니다."

진두개가 고개를 끄덕였다.

모든 용무를 끝낸 진두개가 주변의 눈치를 살폈다.

사실 몰래 전달하려 했지만, 누군가 때문에 모두의 주목을 끌게 되었다.

혼담이 오가는 것은 은밀할수록 좋은 법인데 모든 게 물거품이 된 것이었다.

주변을 살피던 진두개가 고개를 갸웃했다.

묘하게도 구경꾼들의 목소리가 들리지 않았다.

과연 어떻게 된 일일까?

그 의문을 풀어 준 것은 한빈이었다.

"지금 어떤 이야기가 오갔는지 아무도 모를 겁니다. 이런 혼담은 은밀히 오갈수록 서로에게 상처를 남기지 않는 법이지요."

"배려 감사드립니다."

진두개가 포권하며 한빈을 바라봤다.

한빈은 벌써 상자를 품 안에 넣었다.

그러고는 아무 일 없다는 듯 마주 포권했다.

최선을 다해 예의로 답한 것이다.

진두개의 입가에는 살짝 실망의 빛이 스쳤다.

지금 한빈이 한 말에서 거절의 의사를 읽은 것이다.

거기에 광동진가의 체면을 세워 주기 위해 기막을 펼치는 수고를 했다.

진두개는 고개를 돌려 악비광을 바라봤다.

산동의 미친개라 불리는 악비광의 곁에 이렇게 선한 의형이 있다니!

사실 혼담을 넣은 것은 진두개의 동생이 성화를 부려서였다.

진두개는 조금 전까지만 해도 이 혼담을 반대했었다.

그런데 한빈의 심성을 확인하고는 마음이 달라졌다.

의미심장한 표정을 지은 진두개가 조용히 자리로 돌아갔다.

그가 멀어지자 팽혁빈이 물었다.

"어디까지가 네 계획이더냐?"

한빈은 답하지 않고 조용히 팽혁빈을 바라봤다.

그저 은은한 미소만 보일 뿐이다.

팽혁빈이 어이없다는 듯 헛웃음을 터뜨렸다.

"이것도 비밀이더냐?"

"어떻게 아셨습니까?"

"끝까지 시치미를 떼려는 것이냐?"

말을 마친 팽혁빈이 의미심장한 표정으로 바라보자 한빈
이 물었다.

"뭘 말입니까? 형님."

"아무리 봐도 이상하지 않더냐? 너는 원앙검이 올 줄 알고
있었다."

"왜 그렇게 생각하십니까?"

"광동 지역을 가 보지 않은 사람들은 원앙검의 풍습에 대
해서 모른다. 구혼에 대한 풍습은 광동 지역 내에서도 은밀
한 풍습이다. 덕분에 우리 가문에서도 이 풍습에 대해서 알
고 있는 사람은 나와 아버님뿐이지."

팽혁빈이 마치 아우에게 한 방 먹였다는 듯 미소 지었다.

한빈도 마주 웃었다.

"제가 누굽니까? 형님."

"그야 내 아우가 아니냐?"

"제 사부가 누군지 잊으셨군요."

"사부라……."

팽혁빈이 눈을 크게 뜨자 한빈이 말을 이었다.

"사부가 개방의 원로이신데 제가 그 정도의 정보를 모르리 있겠습니까?"

말을 마친 한빈은 미소 띤 얼굴로 팽혁빈을 바라봤다.

사실 전생의 경험 덕분에 알고 있던 사실이었다.

팽혁빈이 아직 의문이 남았다는 듯 고개를 갸웃했다.

"그것만으로는 설명이 안 된다. 혼담이라면 기겁하는 네가 아니더냐? 원앙검을 순순히 받았다는 것은 아무리 생각해도 말이 되지 않는다."

"그야 나중에 거절하면 그만이 아닙니까?"

"내 말은 그게 아니다. 거절하든 안 하든 혼담을 넙죽 받고 그렇게 태연자약할 수는 없는 일이다."

"제가 조금 얼굴이 두껍지 않습니까?"

한빈이 구렁이 담 넘어가듯 빠져나가려 하자, 팽혁빈이 눈을 빛내며 다시 물었다.

"거기에 악 아우와 주고받은 그 눈빛은 무엇이냐?"

"그걸 어떻게 아셨습니까?"

이번에는 한빈이 눈을 크게 떴다.

"눈빛이 마치 네가 어릴 적 장난치기 전 모습과 똑같더구나."

"저는 그냥 소란을 일으켜 달라고 부탁했을 뿐입니다."

"흠."

팽혁빈이 이해가 안 된다는 듯 고개를 갸웃하자, 한빈이 말을 이었다.

"그냥 상황이 이상해서 시험해 봤습니다. 악 아우에게 부탁했습니다."

"그 부탁이란 게……."

"사고를 한번 거하게 쳐 달라고 했습니다."

"흠."

"아마도 자리로 돌아가면서 누구에게 시비를 걸까를 고민하고 있었을 겁니다. 그 와중에 광동진가의 진두개 소협이 걸린 것이고요."

"그 말은 진 소협이 재수가 없었다는 말이로구나?"

"저도 악 아우와 마주칠 줄은 몰랐습니다."

"그래서 결과는?"

"아무리 생각해도 상황이 이상하지 않습니까? 이 정도의 소란이 일어났으면 산문을 넘어서 도인들이 뛰쳐나왔어야 정상입니다."

"음, 영웅 대회가 코앞인데 여기까지 신경 쓸 여력이 있겠느냐?"

"무당에서 가장 걱정하는 것은 손님들의 안전일 겁니다. 그런데도 이리 조용하다니요. 거기에 산문 앞 해검지를 넘기 위해 이렇게 줄을 선다는 것도 말이 되지 않고요."

"그래서 네가 하고 싶은 말은 무엇이냐?"

"수상합니다."

"무당파를 의심하는 것이냐?"

"지난번에 백경을 보시지 않았습니까? 몇몇 고수를 제외하고는 그들을 당해 내지 못할 겁니다. 저희도 마찬가지입니다. 마음 놓는 순간 목에 칼이 들어올 것이 분명합니다. 생각해 보니 벌써 당했잖습니까?"

"그게 무슨 말이냐?"

"태극검제 말입니다."

"아직 확실한 것은 없다. 항상 널 인정하지만, 이번만은 착각 같구나."

팽혁빈이 진심 어린 표정으로 웃었다.

그는 한빈에게 대충 사정을 들었다.

하지만 확실한 것은 아무것도 없었다.

만약 아우의 말대로 정말 태극검제의 신변에 문제가 생겼다면, 영웅 대회도 취소되었을 터.

팽혁빈은 한빈이 너무 예민하다고 생각했다.

어찌 보면 예민한 것이 정상이었다.

단기간에 얼마나 많은 적을 상대했던가?

사천당가에서 봤던 무림세가의 배신자들 역시 만만치 않게 많았다.

현 상황에서는 누구도 믿을 수 없었다.

하지만 이번 영웅 대회만은 달랐다.

공동의 적을 물리치기 위해 모인 자리가 바로 영웅 대회였다.

사람이 모이는 것이 아니라 힘이 모이는 행사였다.

그런데 이곳에 적이 손길을 뻗었다고?

팽혁빈이 보기에 그것은 불가능했다.

그의 표정을 본 한빈이 마주 웃었다.

"뭐, 제 착각일 수도 있겠죠."

"이제야 내 아우 같은 표정을 하는구나."

팽혁빈이 한빈의 어깨를 토닥였다.

따스한 온기에 한빈이 활짝 웃었다.

물론 표정과는 달리 속마음은 복잡했다.

모든 일이 이번 영웅 대회가 시작부터 파국으로 치닫는다는 것을 뜻하고 있었다.

바빠서 산문 아래쪽을 경계 못 한다는 것은 말도 되지 않았다.

아직까지는 음모가 무엇인지는 모른다.

팽혁빈은 앞장서서 길게 늘어선 행렬에 동참했다.

한빈은 품속에 넣은 상자를 슬쩍 꺼내 확인했다.

그러고는 원앙검을 자세히 살피기 시작했다.

한빈이 살핀 것은 원앙검의 검날이었다.

날에는 희미하게 글자가 음각되어 있었다.

글자를 다 읽은 한빈은 검날을 문질렀다.

한빈의 손길이 닿은 검날은 물먹은 서책처럼 글자가 흐려졌다.

내공으로 음각된 글자를 없앤 것이다.

한빈은 원앙검과 상자를 뒤쪽에 오던 소군에게 건넸다.

"이것 좀 맡아 주거라."

"네, 공자님."

"잃어버려도 되니까 부담은 갖지 말고."

"아."

소군이 한빈의 의도를 알 수 없다는 듯 입을 딱 벌렸다.

그때였다.

조금 전 사라졌던 광동진가의 진두개가 달려왔다.

이번에는 그를 경계하는 사람은 없었다.

다만 호기심에 눈을 빛낼 뿐이었다.

진두개는 전과는 다르게 팽혁빈의 앞에 섰다.

그러더니 팽혁빈에게 은밀한 목소리로 속삭였다.

"대협, 그러니까……."

순간 팽혁빈의 눈이 커졌다.

진두개는 하북팽가 일행을 자신의 자리로 안내하겠다고 했다.

방금 악비광의 제안과 같은 내용이었다.

팽혁빈은 한사코 손을 내저었지만, 진두개는 물러서지 않았다.

제법 긴 시간 동안 설전이 오갔다.

팽혁빈도 나름대로 물러서지 않았다.

방금 산동악가의 악비광이 앞자리로 안내하려고 했을 때의 반응이 눈앞에 생생했다.

구파일방과 십대세가 그리고 수많은 문파들이 모이는 자리.

자칫하다가는 안 좋은 소문이 꼬리에 꼬리를 물고 퍼지는 수도 있었다.

삼류 무사의 혓바닥이 절정 고수의 검보다 빠르다는 강호 속담이 있지 않은가!

이렇게 불특정 다수가 모인 자리에서는 매사에 언행을 조심하는 것이 맞았다.

그때 한빈이 슬쩍 끼어들었다.

"안내하시지요."

갑작스러운 한빈의 승낙에 팽혁빈이 고개를 갸웃했다.

"아우야, 너도 조금 전 반응을 보지 않았더냐?"

"지금은 다를 겁니다."

말을 마친 한빈은 아예 행렬을 벗어나 앞장섰다.

그 모습에 팽혁빈이 황당하다는 듯 한빈을 바라봤다.

팽혁빈의 눈이 한계까지 커진 것은 잠시 뒤였다.

줄을 서 있던 무인들의 반응이 전과는 확연히 달랐기 때문이다.

그들은 이전과는 달리 당연하다는 듯 수군대고 있었다.

"청운사신과 적룡대협의 후인이면 먼저 가는 게 맞지."

"아무렴……."

"그럼 이번 영웅 대회에서는 적룡대협과 청운사신을 볼 수 있는 겐가?"

"적룡대협은 은퇴했다는 말도 있던데……."

"그게 무슨 소리인가?"

"얼마 전 금분세수 하고 영단산의 무관에 은거했다는 소문을 들었네."

"나는 금시초문인데?"

"그리고 청운사신은 북해로 떠났다는 소문이 있네."

"북해?"

"청운사신이 북해 사람이라는 말이 있어."

"그럼 이번 영웅 대회에서 둘의 모습은 못 보겠군."

"대신 그 후인을 바로 앞에서 볼 수 있지 않은가?"

그는 검지를 들어 지나가는 한빈을 가리켰다.

그 시선이 얼마나 강렬한지 팽혁빈은 재빨리 고개를 돌렸다.

방금 전까지는 전혀 다른 분위기였다.

그때 마침 산동악가 앞을 지나갔다.

팽혁빈은 악비광의 표정을 바라봤다.

악비광이 입 모양으로 말하자 팽혁빈이 고개를 끄덕였다.

악비광의 표정에는 억울함이 가득 담겨 있었다.

자신이 하북팽가 일행을 안내하려고 했을 때는 욕이 한 바가지로 쏟아졌는데, 이번에는 도리어 응원하고 있는 모습이 이해가 되지 않는 듯 보였다.

팽혁빈은 악비광의 심정을 이해할 수 있었다.

자신도 지금의 상황이 이해가 되지 않으니 말이다.

앞장서서 안내하던 광동진가의 진두개도 고개를 갸웃했다.

그때 한빈이 광동진가의 무리 앞에 도착했다.

한빈은 잠시 걸음을 멈추고 광동진가 식솔들 중 누군가를 바라봤다.

그 눈빛에 광동진가의 무리 속에서 누군가가 걸어 나왔다.

사뿐사뿐 걸어 나오는 모습이 경공술을 익힌 듯 보였다. 경장 차림에 귀밑머리가 유난히 눈에 띄는 여인이었다.

어깨를 넘나드는 머리카락은 주변 사람들의 시선을 뺏기에 충분했다.

그녀는 조용히 한빈 쪽으로 다가와 앞에 섰다.

진두개는 그녀를 보더니 미간을 찌푸리며 막아섰다.

"지금 무슨 짓이더냐. 채신머리없는……."

"오라버니는 잠시 빠져 주세요."

그녀는 당돌하게 진두개를 뒤쪽으로 물리더니 한빈에게

포권했다.

"저는 진미랑이라고 해요."

"원앙검은 잘 받았습니다."

"잘 받았다니 다행이네요."

"다만, 날이 조금 무뎌서 살짝 실망스럽더군요."

"그럼 나중에 다시 하나 보내 드리도록 하지요."

광동진가의 진미랑이 환하게 웃자 옆에 있던 진두개가 얼른 그녀의 팔을 낚아챘다.

그러고는 재빨리 자신의 뒤로 끌고 갔다.

그 모습은 오라비에게 끌려가는 동생의 모습이었다.

동생을 뒤쪽으로 물린 진두개가 한빈의 눈치를 봤다.

힐끔 한빈을 본 진두개가 팽혁빈에게 다가갔다.

"죄송합니다, 팽 공자. 제 누이동생이 조금 철이 없습니다."

"괜찮습니다. 한창 호기심이 왕성할 나이가 아니겠습니까?"

"흠."

진두개는 헛기침을 했다.

그 모습에 팽혁빈이 물었다.

"왜 그러십니까? 진 소협."

"호기심이 왕성할 나이는 아닙니다."

"그게 무슨 말씀이신지?"

"누이동생의 나이가 서른입니다."

"서른이라고요? 누이동생이라고 하지 않았습니까?"

"네, 동생이 맞습니다."

"아무리 생각해도 이해가 안 되는군요."

팽혁빈이 진두개를 아래위로 살폈다.

그의 나이는 많이 잡아야 서른.

누이동생이라고 소개했던 진미랑의 나이는 스물도 안 되어 보였다.

그런데 서른이라니!

팽혁빈이 당황하자 진두개가 힘겹게 말을 이었다.

"우리 광동진가가 대대로 동안입니다."

"아."

팽혁빈은 턱이 빠질 정도로 입을 벌리며 자신의 얼굴을 매만졌다.

그러고는 슬픈 표정을 지으며 진두개를 바라봤다.

그의 얼굴 속에는 약간의 부러움도 담겨 있었다.

진두개는 잠시 마주 보다가 미안한 듯 광동진가 식솔들의 무리 속으로 사라졌다.

당황한 것은 팽혁빈뿐이 아니었다.

심미호도 황당하다는 듯 그들 남매를 쏘아봤다.

물론 자신의 피부를 매만지며 확인하는 것도 잊지 않았다.

가장 시무룩한 것은 적혈맹호대에서도 가장 나이가 많은

장삼이었다.

장삼은 조용히 고개를 떨궜다.

다만, 조호만이 어깨를 활짝 펴고 있었다.

덕분에 한빈과 진미랑의 묘한 대화는 그들의 머릿속에서 사라졌다.

그들의 이런 반응과는 달리, 오히려 눈을 빛내는 이가 있었다.

바로 설화였다.

설화는 그 어느 때보다 눈을 반짝이고 있었다.

청화가 설화의 옆구리를 콕 찔렀다.

"언니……."

"왜? 설화야."

그들의 목소리는 점점 줄어들었다.

누가 봐도 은밀한 대화가 이어지려고 하고 있었다.

하지만 그들을 눈여겨보는 이는 아무도 없었다.

주변의 눈치를 살핀 청화가 조심스럽게 물었다.

"표정이 왜 그래요? 언니는 뭔가 알고 있죠?"

"흠, 확실치는 않은데……."

설화가 의미심장한 표정을 지었다.

청화는 아무 말 없이 설화를 바라봤다.

마치 밥을 기다리는 강아지 같은 표정이었다.

그 표정에 피식 웃은 설화가 말을 이었다.

"아니다. 확실하지 않으니 입 닫고 있는 게 좋겠어."

"에이, 언니. 저 궁금하면 아무것도 못 하는 거 아시잖아요."

청화가 불만스러운 표정으로 볼을 부풀렸다.

설화가 슬쩍 주변을 살피며 입을 열었다.

"방금 진미랑 소저 말이야, 그 걸음걸이 어디서 본 것 같지 않아?"

설화가 바닥을 가리키며 검지와 중지로 보법을 펼치는 듯한 흉내를 냈다.

그 모습에 청화가 이해 안 된다는 듯 고개를 갸웃했다.

"저는 아무리 생각해도 기억이 안 나는데요. 언니는 대체 어디서 봤어요?"

"진짜 기억 안 나?"

"네, 기억이 전혀 안 나요."

"그럼 두 번째 단서를 주지."

"두 번째 단서라고요? 에이, 그냥 가르쳐 주면 안 돼요?"

"그럼 재미가 없잖아."

"전 재미없어도 되는데……."

"잘 들어 봐! 걸음걸이도 걸음걸이지만, 그 이름도 어디서 들어 봤잖아."

"진미랑이라는 이름은 처음 들어 보는데요."

청화가 고개를 갸웃하자 설화가 하늘을 가리켰다.

그리고 동시에 손을 팔랑거렸다.

마치 날갯짓하는 새를 흉내 내는 것 같았다.

청화는 아직도 이해가 되지 않는다는 듯 고개를 갸웃했다.

그 모습에 설화가 조용히 입을 열었다.

"꾸꾸…… 이래도 모르겠어?"

"앗, 그러고 보니!"

청화가 목소리를 높이자 설화가 검지를 입술에 갖다 댔다.

그제야 표정을 수습한 청화가 상체를 기울였다.

그러고는 귓속말로 작게 말했다.

"설마 그 손짓하고 소리가 조조를 말한 거예요?"

"조조 말고 그런 소리를 내는 새가 어디 있겠어?"

"그렇다면 하오문이요?"

"당연하지."

설화가 고개를 끄덕이자 청화가 눈을 동그랗게 떴다.

조조는 하오문의 영물로, 가끔 한빈에게 소식을 물어다 주는 새를 말한다.

그 새를 담당하는 것이 바로 설화였으니 한빈을 빼놓고는 하오문에 대해서 가장 잘 알고 있었다.

설화가 살짝 고개를 끄덕였다.

"그래, 이름이 똑같잖아. 그리고 방금 진미랑 소저의 발걸음이 백미랑 언니랑 비슷하잖아."

설화가 멀리 떨어진 진미랑을 눈짓으로 가리켰다.

청화가 반사적으로 고개를 돌렸다.

그 모습에 설화가 낮은 목소리로 말했다.

"그렇게 노골적으로 보지 말고."

"아, 알았어요."

대답과는 달리 청화는 한참 동안 진미랑을 바라봤다.

설화의 말대로라면 진미랑이 하오문 사람이라는 것.

어찌 보면 미랑이란 이름이 그 증거일 수도 있다.

백미랑에서부터 금미랑까지 모든 하오문 지부의 책임자는 '미랑'이라는 이름을 쓴다.

청화는 턱을 괴고 잠시 추리를 이어 나갔다.

모든 의문이 해결된 것이 아니기 때문이다.

하오문이라면 하층민들로 구성된 조직.

정파 중 광동에서 입김이 제법 센 광동진가의 자제가 하오문의 소속이라는 것이 믿어지지 않았다.

설화가 청화의 속마음을 알겠다는 듯 빙긋 웃었다.

"네가 궁금해하는 것도 당연해. 그런데 그거 알아?"

"뭘요?"

"광동진가의 가주는 대대로 여자였어."

"네?"

"광동과 해남 지역에서는 여인이 가주직을 맡는 경우도 허다해."

설화가 턱짓으로 광동진가를 가리키자 청화가 천천히 고

개를 끄덕였다.

"해안과 맞닿은 광동 지역의 경우는 해적과의 전쟁 때문에 가주나 소가주가 목숨을 잃는 경우가 많다고 듣긴 했어요."

"맞아. 그 지역 중 하나가 바로 광동진가야."

"그럼 소가주가 진 소협이 아니라 진 소저라고요?"

"아마도 그럴걸."

"그럼 하오문의 사람이 소가주란 말이잖아요. 그럼 광동진가 전체가 하오문⋯⋯."

"그건 아닐 거야. 아마도 진 소저의 오라버니라는 자는 동생의 진짜 정체를 모를 수도 있어."

"설마요."

"아까 표정을 보면 뻔해."

설화는 진두개의 표정을 놓치지 않았다.

그 모습에 청화가 알겠다는 표정으로 말을 이었다.

"그러니까⋯⋯. 언니 얘기는 광동진가가 아닌 하오문이 우리를 배려해서 앞쪽으로 불렀다는 말이잖아요."

"그건 아닌 것 같고, 하오문이 전하려는 소식을 원앙검으로 전한 것 같아. 다른 이유가 있겠지."

"다른 이유라면요? 혹시 진짜 구혼이요?"

"에이, 설마⋯⋯. 아마도 냄새를 맡았을 거야. 그러니 공자님을 부른 거고."

"무슨 냄새요?"

"사건 냄새지, 무슨 냄새겠어."

"사건이라면……."

"저기 공자님의 표정을 봐 봐. 꽤 심각하시잖아."

설화가 이번에는 한빈을 가리켰다.

시선을 돌린 청화가 눈을 크게 떴다.

설화의 말대로 한빈의 표정이 시시각각 변하고 있기 때문이었다.

어떻게 보면 웃는 것 같기도 하고 어떻게 보면 걱정이 가득한 것처럼 보이기도 했다.

한빈의 여러 가지 표정은 결국은 하나로 합쳐졌다.

그것은 알 듯 말 듯 한 기묘한 미소였다.

설화가 그 미소에 반응했다.

재빨리 보따리 하나를 챙긴 것이다.

설화가 막 짐을 챙겼을 때 한빈의 손가락 튕기는 소리가 들려왔다.

딱!

그 소리에 설화가 방아깨비처럼 튕겨 나갔다.

파팍!

청화가 손을 뻗으며 설화의 뒤를 따랐다.

"언니, 같이 가요!"

소군도 종종걸음으로 청화의 뒤를 따랐다.

한빈과 시선이 마주친 설화가 보따리를 보였다.

"저는 준비됐어요."

그때 몇 걸음 떨어진 곳에서 앵무새처럼 누군가가 외쳤다.

"저도 준비됐어요!"

설화는 반사적으로 그곳을 바라봤다.

그곳에는 진미랑이 보따리를 들고 미소 짓고 있었다.

그 모습에 가장 놀란 것은 설화였다.

한빈이 손가락을 튕기는 소리는 모두 똑같이 들려도 그 의미가 살짝 달랐다.

손가락에 들어가 있는 내공과 그 소리의 길이.

거기에 소리에 담은 감정까지.

설화는 그 모든 것을 해석하고 거기에 맞는 보따리를 준비해 왔다.

이것은 오직 설화만이 할 수 있는 일이었다.

그런데 진미랑이 마치 자신이 안다는 듯 보따리를 들어 올리자 의심이 들 수밖에 없었다.

물론 다른 이들도 설화와 똑같은 행동을 하는 진미랑의 모습에 놀랐다.

하는 짓만 보면 설화의 쌍둥이라고 해도 될 정도였다.

설화가 눈에 힘을 주며 한 발 앞으로 나왔다.

진미랑이 그런 설화를 보며 활짝 웃는다.

그 웃음만큼은 순수했다.

그때였다.

늦게 달려온 진두개가 진미랑의 소매를 잡았다.

"가만있으라고 했더니 왜 여기에 있는 것이냐?"

"오라버니, 이번 행렬의 책임자는 저잖아요."

"흠."

"저는 여기에 볼일이 있어요."

"네가 말한 대로 물건은 팽 공자에게 전했다. 그런데 또 무슨 볼일이냐?"

"볼일이 있으니까 왔죠. 그쵸? 공자님."

진미랑은 시선을 한빈에게 돌렸다.

당당한 진미랑의 모습에 한빈이 표정의 변화 없이 말했다.

"난 소저를 부른 적이 없소만은."

"아니, 지금 부르셨잖아요."

"나는 설화를 불렀지, 소저를 부른 적은 없소이다."

한빈이 딱 잘라 말하자 진미랑의 고개가 천천히 처졌다.

"분명히 불렀는데……."

진두개가 이때다 싶어 진미랑의 소매를 잡아끌었다.

그들의 모습에 설화는 안도의 한숨을 내쉬었다.

"휴……."

"왜 그리 한숨을 쉬느냐?"

"제 밥그릇을 뺏긴 기분이 잠깐 들었거든요."

"하하, 별소리를 다 하네."

"아니에요. 진짜 위기감을 느꼈어요. 공자님이 내는 소리

를 정확히 이해하는 건 저밖에 없잖아요. 그런데 저기 진 소
저가…….”

설화가 이해가 안 된다는 듯 멀어지는 진미랑을 바라봤다.

그 모습에 한빈이 피식 웃었다.

“이상한 소리 하지 말고 저 보따리나 주워 오너라.”

“보따리요?”

고개를 갸웃하던 설화의 눈이 커졌다.

한빈이 가리킨 것은 진미랑이 들고 왔던 보따리였다.

설화는 재빨리 진미랑의 보따리를 들고 왔다.

한빈의 앞에 선 설화는 보따리를 들고 우물쭈물하였다.

이 보따리를 어떻게 처리해야 하나 망설여졌기 때문이었
다.

그때 한빈이 아무렇지 않게 말했다.

“궁금하지? 그냥 풀어 보아라.”

“그래도 돼요?”

“힘들게 전한 물건인데 풀어 보는 게 예의지.”

“저게 우리한테 전한 물건이라고요? 아무리 봐도 수상한
데요.”

“뭐가 수상하다는 거지?”

한빈이 고개를 갸웃하자 설화가 은밀하게 속삭였다.

“아무리 하오문이라지만, 공자님에 대해서 너무 잘 아는
것 같지 않아요?”

"흠, 그건 그렇지만 말이다. 내가 보기에는 의도를 숨긴 것 같지는 않구나. 그러지 않고서야 이리 구박을 받으면서 물건을 전할 리가 없지."

"구박을 받다니요?"

"저길 보면 이해가 가겠지."

한빈이 어딘가를 가리켰다.

그곳에는 진두개에게 혼나고 있는 진미랑이 있었다.

그들은 누가 봐도 평범한 남매였다.

설화는 의심을 거두고 한빈의 말대로 보따리를 풀어 봤다.

보따리를 푼 설화는 고개를 갸웃했다.

그 안에 들어 있는 내용물은 자신이 챙긴 것과 전혀 달랐다.

보따리 속에는 붓 한 자루가 들어 있을 뿐이었다.

설화는 붓을 한빈에게 전했다.

붓을 받은 한빈은 붓대를 유심히 보더니 손으로 문질렀다.

극양지기를 머금은 손가락이 스치자 붓대가 그을린 것처럼 검게 변했다.

그 모습에 설화가 물었다.

"이건 대체 무슨 뜻이에요?"

"정보."

한빈이 짧게 말했다.

진미랑이 건넨 것, 정확히는 하오문이 전한 것은 정보 중 일부였다.

처음에 건넸던 원앙검과 지금 건넨 붓대에 적힌 글자를 조합해야 정보가 완성된다.

이런 해석법은 이미 백미랑으로부터 들었기에 당황스럽지는 않았다.

내용을 확인한 한빈은 조용히 무당산의 향로봉을 바라봤다.

얼마 전 봤던 꿈속의 향로봉은 현실에서도 우뚝 서 있었다.

하지만 설화와 청화는 진미랑과 진두개 남매에게서 눈을 떼지 못했다.

그때였다.

앞쪽에서 뿔피리 소리가 들려왔다.

뿌웅!

신경질적으로 연달아 울리는 뿔피리 소리에 한빈이 고개를 돌렸다.

그것도 잠시, 한빈은 낙엽 밟는 소리만 남긴 채 사라졌다.

사사—삭.

그 뒤를 따라 설화와 청화도 사라졌다.

짐을 잔뜩 든 소군은 불만 가득한 표정으로 그들이 사라진 곳을 바라볼 뿐이었다.

한빈이 나타난 것은 해검지의 앞이었다.

그곳에 도착한 한빈은 해검지까지의 길이 왜 그리 정체되어 있는지 알 수 있었다.

역시 한빈의 예상대로였다.

해검지를 막아선 이들은 옆쪽의 커다란 전각, 즉 해검각으로 무인들을 안내하고 있었다.

해검지를 지키는 무당의 도인이 모든 병장기를 해검각에 맡겨 놓고 갈 것을 강요하고 있는 것이다.

무당은 이제까지 문파당 하나의 병장기만 맡겨 놓으면 된다고 공표한 적 있었다.

그런데 갑자기 모든 병장기를 맡기라니!

아무렇지 않게 모든 병장기를 내려놓을 문파는 없을 터.

그러니 계속해서 충돌이 생길 수밖에 없었다.

계속되는 언쟁에 신경 쓰다 보니 다른 곳에 소홀한 것도 이해가 되었다.

모든 것이 전생의 기억대로였다.

문제는 이 상황이 전생이 기억보다 십 년 정도가 당겨졌다는 점이었다.

지금 시비가 붙은 것은 해남파였다.

덕분에 해검지의 앞은 아수라장이었다.

뿔피리 소리는 해검각을 지키는 무당파의 도인과 해남파 간의 분쟁 때문에 울린 것이었다.

신호를 듣고 내려온 무당파의 도인들이 해남파의 무사들을 겹겹이 에워싼 상황.

해남파의 무사들과 무당파의 도인들은 첨예하게 대치하고 있었다.

사실 해남파가 무당파와 힘을 겨룰 처지는 되지 않았다.

하지만 힘에 굴복해 물러선다면 강호인이라 할 수 있던가?

해남파의 수장은 굴복하지 못하겠다는 듯 이를 악물고 있었다.

그는 검집을 앞으로 내밀며 외쳤다.

"나는 도저히 이해가 안 되오이다! 영웅 대회가 한두 번도 아니고 이게 무슨 행패입니까?"

"원로원의 결정입니다. 지시에 따르시지요."

"도저히 이해가 안 갑니다. 왜 모든 무기를 맡기라는 것입니까?"

해남파와 무당파 도인 사이에는 언제라도 검을 뽑을 듯 신경전이 오갔다.

그때였다.

그들 사이에 거지 차림을 한 땡중 하나가 소리 없이 나타났다.

해남파와 무당파는 일촉즉발의 상황에서 대치하고 있었다.

검을 뽑지는 않았지만, 눈빛만으로도 상대의 심장을 꿰뚫을 것 같은 상황.

이런 상황에서 기척도 없이 등장한 땡중의 모습에 모두 석상이 되어 버렸다.

소리 없이 나타난 땡중은 무당파와 해남파 무사들 사이에서 허리를 살짝 굽히고 서 있었다.

당장 쓰러져도 이상할 것 없는 모습이었다.

머리카락이 없는 것으로 봐서는 중인데, 행색으로 봐서는 거지였다.

거기에 기력도 없어 보였다.

그런 늙은 중이, 살벌하게 대치 중인 무당파와 해남파 사이에 끼어든다?

아무리 생각해도 이해가 되지 않았다.

당황한 해남파의 무사가 앞으로 내밀었던 검집을 슬쩍 기울였다.

늙은 중에게 검을 들이대는 상황이 민망해서였다.

무당파의 도인들도 한 발 물러서 땡중을 바라봤다.

모두의 시선은 당연하게도 땡중에게 향했다.

시선을 받은 땡중은 아무렇지 않게 산문을 가리켰다.

"먼저 지나가겠네."

해검지를 지키는 무당파의 도인에게 한 말이었다.

하지만 그들 중 누구도 답하는 이는 없었다.

"……."

"어허, 먼저 지나가자고 했네! 귀가 먹었는가?"

거지꼴을 한 늙은 중이 다시 외쳤다.

그제야 무당파의 도인 중 하나가 앞으로 나왔다.

그는 거지 노인을 위아래로 살피기 시작했다.

난데없이 등장한 거지 땡중 때문에 당황한 것은 사실이었다.

그는 노인을 살피며 마음을 가라앉혔다.

아무리 봐도 노인에게는 별다른 특이점을 발견하지 못했다.

무당파의 도인은 자신이 왜 노인을 발견하지 못했는지를 알 것 같았다.

그것은 상대가 무림인이 아니었기 때문이다.

아무리 봐도 거지 차림의 땡중에게서는 조금의 내공도 느껴지지 않았다.

무당파 도인의 눈에 점점 생기가 살아났다.

자세히 보니 중도 아닌 것 같았다.

체형과 외모를 보면 머리를 민 것이 아니라 그냥 빠진 것처럼 보였다.

그 정도로 힘이 없어 보였다.

무당파 도인은 늙은 사람 하나 때문에 긴장한 자신이 한심해 보이기까지 했다.

그는 최대한 표정을 숨긴 상태에서 입을 열었다.

"이제 무슨 행패입니까? 먼저 정체를 밝혀 주시죠."

"자네의 이름부터 밝혀야 하는 게 도리가 아닌가?"

거지 차림의 늙은 중은 한발도 물러서지 않겠다는 듯 눈에 힘을 주었다.

무당파의 도인이 주변을 힐끔 돌아봤다.

주변을 돌아보니 모두의 시선이 자신을 향해 있었다.

무당파 도인의 표정이 더욱 부드러워졌다.

상대는 무공도 모르는 노인이 분명했다.

상태를 보면 정신도 온전하지 않았다.

거기에 한동안 굶주린 것이 분명했다.

한마디로 배고픈 거지라는 말이었다.

여기에서 그를 핍박하는 것은 모양새가 좋지 않았다.

"저는 수운이라고 합니다. 이제 정체를 밝히시지요."

"나는 무영이라고 하네. 길을 터 주시게."

"무영?"

고개를 갸웃한 수운은 뒤쪽에 눈짓했다.

영웅 대회의 명단을 살펴보라는 신호였다.

마음 같아서는 명단을 살펴볼 필요도 없었다.

하지만 만일이라는 가능성이 문제였다.

강호에서는 털끝만 한 확률을 염두에 두지 않았다가 곤욕을 치르는 경우가 많다.

수운은 이런 경우마저도 조심하기로 한 것이다.

그의 신호를 받은 다른 도인이 황급하게 명단을 뒤지기 시작했다.

어찌나 빠른지 명단이 적힌 서책을 넘기는 그의 손이 보이지 않을 정도였다.

명단을 뒤지던 도인이 수운을 바라봤다.

수운이 턱짓하자 고개를 내저었다.

무영이란 이름을 못 찾았다는 신호였다.

수운이 작게 한숨을 내쉬었다.

"휴. 명단에 이름이 없으니 출입은 불가합니다."

"무당이 언제부터 사람을 가렸다는 말인가? 도를 구하는 자에게는 언제든 열려 있는 것이 무당이거늘……. 쯧쯧."

혀까지 차는 무영의 모습에 수운은 미간을 좁혔다.

그때였다.

주변에서 웅성거리기 시작했다.

"생각해 보니 언제부터 무당파가 사람을 가렸지? 우리는 병장기를 맡기느라 여기에 줄을 선 거고, 저 노인이야 무장도 안 했으니 그냥 올라가면 되는 거 아닌가?"

"지금은 영웅 대회 기간이 아니던가? 개나 소나 올려 보내면 어찌 통제되겠는가?"

"그렇다고 불쌍한 노인을 내쳐? 아까 보니 무장을 안 한 귀족들은 그냥 올라가는 것 같던데……."

구경하던 무사 중 하나가 턱으로 문을 가리켰다.

그의 말은 맞았다.

무당의 경내는 제법 컸다.

영웅 대회가 이루어지는 무당의 위쪽은 명단이 있는 자만이 출입할 수 있지만, 그 아래쪽 전각은 일반 백성들이 자유롭게 드나들 수 있었다.

지금 해검각에서 통제하는 것은 일반 백성이 아니라 무인이었다.

"흠, 그러고 보니 자네 말이 맞네."

다른 무인들도 고개를 끄덕이며 수운을 쏘아보기 시작했다.

그들 중 대부분은 지금 무당파에 불만을 느끼고 있었다.

대부분의 무인들은 영웅 대회에 참가하기 위해 한 달 이상을 달려왔다.

그들에게 필요한 것은 휴식이었다.

빨리 올라가서 쉬고 싶은데 무당파에서 깐깐하게 대하자 그들도 기분이 상해 있었다.

그들의 하소연은 무너진 둑에서 흘러나오는 물처럼 주변을 뒤덮었다.

갑작스러운 상황에 무당파의 수운이 당황하며 무영이라 밝힌 땡중을 바라봤다.

그 눈빛이 살짝 흔들렸다.

사실 수운도 지금의 상황이 마음에 들지 않았다.

영웅 대회 참석자들의 병장기를 모두 해검각에 보관하라는 윗선의 지시가 그도 이해되지 않기는 마찬가지였다.

병장기를 보관하기 위해 전각까지 하나 더 옆에 짓는 것은 한마디로 미친 짓이었다.

이 모든 것이 분명히 원로원의 지시였다고 들었다.

하지만 원로원을 구성하고 있는 장로들은 코빼기도 보이지 않고 있다는 게 제일 황당했다.

모든 원망은 이곳에 나와 있는 수운과 그의 사제들의 차지였다.

수운은 다시 주변을 살폈다.

자신과 사제를 바라보는 주변의 시선이 곱지 않았다.

해검지에서 무인들을 통제하는 일만 해도 힘든데, 상대는 일반 백성이었다.

여기서 계속 실랑이를 벌일 명분은 없었다.

무당파의 수운이 옆을 가리켰다.

"무인이 아니라면 옆으로 가서 신분을 확인받으시지요."

"나는 무인이네."

"……."

수운은 아무 말도 하지 못했다.

정말 미치고 팔딱 뛸 일이었다.

그냥 보내 준다고 해도 갑자기 이렇게 나오다니!

손가락 하나만 갖다 대도 쓰러질 것 같은 땡중이 갑자기 자신이 무인이라고 밝히자 수운의 얼굴이 붉게 변했다.

자신을 놀리려는 것이 분명했다.

이쯤 되면 상대가 불쌍한 노인이라고 할지라도 무력의 사용에 뭐라 할 사람은 없었다.

그때였다.

뒤쪽에서 누군가가 헐레벌떡 뛰어왔다.

등에 짐을 지고 있는 상인이었다.

그 상인은 주변의 상황은 살피지도 않고 늙은 땡중의 옆에 서서 숨을 헐떡였다.

"휴, 어르신, 혼자 가시면 어떻게 합니까?"

"그렇게 느려 터져서야 어찌 절밥을 먹겠느냐?"

"제가 언제 중이 된다고 했습니까?"

"내 가르침을 받았으면 불가에 이름을 올린 것이나 다름없다고 몇 번을 말했을 텐데!"

"어르신이 언제 제게 가르침을 주었습니까?"

상인 복장의 사내는 억울하다는 듯 무영을 바라봤다.

그는 다름 아닌 악필승이었다.

갑작스러운 악필승의 등장에 해검지 앞은 더욱 혼란에 빠졌다.

처음에는 짜증스러운 눈으로 상황을 지켜보던 무인들은 마치 경극을 보듯 현 상황을 즐겼다.

하지만 그들 중 놀라움을 감추지 못하는 부류들도 있었다.

바로 한빈의 일행이었다.

갑자기 등장한 악필승을 본 설화와 청화는 서로 눈짓하기에 바빴다.

물론 가장 놀란 것은 한빈이었다.

한빈은 지금의 상황이 이해가 되지 않았다.

첫 번째로 놀란 것은 눈앞에 있는 늙은 중이 바로 자신이 꿈속에서 봤던 무영이라는 점이었다.

꿈속에서만큼은 아낌없이 퍼 주고 사라졌던 소림의 고승.

그런데 그를 실제로 보다니!

한빈은 재빨리 표정을 갈무리했다.

꿈속에서의 관계는 꿈에서 끝나는 것이 맞았다.

자신의 꿈에서 일어난 일을 상대가 알아챌 리가 없었다.

이럴 때는 일단 모른 척하는 것이 상책이라고 생각했다.

두 번째로 놀란 것은 악필승이 데리고 온 사람이 일지대사가 아니라는 점이었다.

그때였다.

무영의 옆에 있던 악필승이 한빈을 향해 소리쳤다.

"주군!"

그의 외침에 모두의 시선이 한빈 쪽으로 쏠렸다.

그 상태에서 악필승이 한빈을 향해 달려왔다.

마치 오랜만에 주인을 본 강아지처럼 말이다.

만약 악필승의 엉덩이에 꼬리가 있다면 살랑살랑 흔들릴 것만 같았다.

　한빈의 앞에 선 악필승은 울 것 같은 표정을 지었다.

　"주, 주군. 그간 평안하셨습니까?"

　"악 각주, 표정이 왜 그래?"

　"조금 사정이 있습니다. 저 좀 도와주십시오, 주군."

　"내가 악 각주를 도와야 한다고?"

　"저기 있는 땡중이 저를 중으로 만들려고 합니다."

　"그게 무슨 말이지?"

　"자꾸 저 땡중이 저보고 사손이 되라고 합니다."

　"악 각주는 싫어?"

　한빈이 고개를 갸웃하며 악필승의 표정을 살폈다.

　그의 표정을 살핀 한빈은 눈을 가늘게 떴다.

　대충 보니 상황을 알 것 같았다.

　악필승은 무영의 진짜 신분을 모르는 것 같았다.

　무영의 유일한 제자는 일지대사.

　일지대사의 제자가 되는 순간 소림의 일대제자가 된다.

　한마디로 졸지에 신분 상승을 할 수 있는 기회인 것이다.

　그런데 악필승은 무영을 보고 땡중이라고 평하고 있었다.

　한빈은 그보다 더 중요한 문제를 확인해야 했다.

　악필승과 무영을 번갈아 보던 한빈이 작은 목소리로 물었다.

"내가 말한 일지대사는 어디 있지?"

"없습니다."

"없다고?"

한빈의 눈이 커졌다.

순간 악필승이 당황했다. 한빈이 이렇게 당황하는 모습은 본 적이 없었기 때문이다.

악필승도 덩달아 당황하여 말을 이었다.

"그, 그게……. 주군이 시키는 대로 요리를 했습니다. 그런데 일지대사 대신에 저 중이 나왔습니다."

"저분이 누군지는 알고 있겠지?"

"대충 감은 옵니다. 아마도 사파……."

악필승이 말을 멈췄다.

뒤쪽에서 묘한 시선을 느꼈기 때문이다.

고개를 돌려 보니 무영이 어느새 악필승의 뒤쪽으로 와 있었다.

악필승은 떨리는 목소리로 말을 이었다.

"어르신, 제가 한 말은……."

하지만 무영은 악필승에게 눈길도 주지 않았다.

무영은 놀란 얼굴로 한빈에게 다가갔다.

악필승은 이 상황이 이해가 되지 않았다.

한빈을 바라보는 무영의 시선이 매우 부드러웠기 때문이다.

마치 오래전 헤어졌던 가족을 만난 것 같은 눈빛이었다.

분명 평상시 땡중의 눈빛이 아니었다.

악필승이 고개를 갸웃하고 있을 때 무영이 입을 열었다.

"자네, 나 알지?"

"저를 아십니까?"

한빈이 고개를 갸웃하며 반문하자 무영이 어색하게 웃었다.

"내가 착각했나 보군. 어디선가 본 듯해서 말이네."

"제가 흔한 얼굴이라서 그런 말을 많이 듣습니다."

"허허."

무영이 몇 가닥 남지 않은 수염을 쓸어내렸다.

그는 한동안 상념에 잠긴 듯 하늘을 바라봤다.

한참을 고민하던 그가 진지한 표정으로 말했다.

"자네, 내 제자가 되어 보지 않겠는가?"

"싫습니다."

"내가 누군지 알고 싫다고 하는가?"

"어르신이 누군지는 중요하지 않습니다. 제가 누군지가 중요하죠."

"그래서 자네는 누군가?"

"하북팽가의 넷째입니다. 하북을 지켜야 할 제가 소림의 제자가 될 수는 없는 일 아니겠습니까?"

한빈의 말에 주위는 다시 웅성거리기 시작했다.

천하 십대세가 중 하나인 하북팽가가 나온 것도 모자라 구파일방 중 제일이라 할 수 있는 소림의 이름이 튀어나온 것이다.

이쯤 되자 앞쪽에 줄을 서 있던 무인들은 자리를 깔고 앉았다.

무당파와 해남파의 격돌도 흥미진진했었는데 갑자기 땡중 하나가 나타나 그 물을 흐렸다.

그런데 알고 보니 그 땡중이 소림의 무승이었다는 이야기는 그들의 흥미를 돋우기에 충분했다.

중요한 것은 소림과 하북팽가의 관계였다.

강호인들이 아는 한 하북팽가와 소림의 연은 없다고 해도 무방했다.

그런데 소림의 중이 하북팽가의 사 공자에게 제자가 되라고 들이댄 상황이었다.

물론 이 상황이 황당한 이도 있었다.

영웅 대회에 참석한 이들을 무장해제 시켜서 올려 보내야 하는 수운이었다.

하지만 갑작스러운 상황에 이곳을 지키는 자신이 제삼자가 된 기분이었다.

물론 그도 이 상황이 궁금하기는 똑같았다.

모두가 호기심 가득한 눈으로 한빈과 무영을 바라보고 있을 때였다.

무영이 말을 이었다.

"자네는 진짜 나를 처음 보는가?"

다시 시작된 뜬금없는 질문.

한빈이 씩 웃으며 말을 이었다.

"아까 말씀드린 대로 처음 봅니다. 저는 소림사 근처에도 가 본 적이 없습니다."

"그런데 내가 소림의 일원이라는 건 어떻게 알았지?"

날카로운 질문이었다.

이제는 구경꾼이 된 강호인들마저 고개를 끄덕이는 상황.

한빈이 아무렇지 않게 말했다.

"그야 제가 악 각주에게 소림에서 고승 한 분을 모시고 오라고 부탁했으니까요. 그러니 당연히 소림의 분이겠죠."

"이유가 그것 한 가지인가?"

무영은 한빈을 시험하려는 듯 눈을 빛냈다.

그 모습에 한빈이 아무렇지 않게 말을 이었다.

"지금 펼치신 게 달마삼보 아닌가요?"

"흠."

"천축에서 중원까지 단 삼 보에 왔다는 전설에서 비롯된 소림의 최고 경신술이 달마삼보 맞지 않습니까?"

한빈의 말에 주변이 다시 술렁이기 시작했다.

그도 그럴 것이, 달마삼보라면 소림에서도 일대제자 이상만 익힐 수 있는 최고의 경신술이었다.

놀람도 잠시, 그들은 묘한 눈빛으로 한빈과 무영을 바라봤다.

그 누구도 무영의 달마삼보를 본 이는 없었다.

그 정도로 무영의 속도가 빨랐다고 할 수도 있겠지만, 반대로 무영이 달마삼보를 펼쳤다는 증거가 없다는 얘기도 될 수 있었다.

구경하던 강호인들은 후자 쪽으로 마음을 굳혔다.

그들 중에는 절정의 고수도 끼어 있었다.

그런데 절정의 고수가 다른 무인의 움직임을 볼 수 없다는 것은 말도 되지 않았다.

그 의심의 대상에 한빈도 예외는 아니었다.

하북팽가라는 이름을 모르는 강호인들은 없었다.

중요한 것은 하북팽가에서 온 사 공자의 얼굴을 아는 이는 없다는 점이었다.

한마디로 그들의 눈에는 이 상황이 짜고 치는 투전판처럼 보였다.

하지만 그들의 호기심은 줄지 않았다.

짜고 치는 투전판이라고 해도 다음 이야기가 궁금했기 때문이다.

그때 무영이 말을 이었다.

"눈이 좋군. 여기 있는 다른 자들은 못 알아본 것 같은데……."

"제가 눈하고 감은 조금 좋은 편입니다."

"아무래도 그 말투가 익숙해."

"제가 그런 말도 많이 듣는 편입니다. 그런데 왜 여길 오셨죠?"

"자네가 이 친구에게 고승을 모시고 오라고 했다 하지 않았는가? 그래서 내가 왔다네."

무영이 악필승을 가리켰다.

그 모습에 한빈이 고개를 저었다.

"제가 말한 고승은 어르신이 아닙니다."

"나 하나면 충분하네."

"충분하지 않습니다."

"허허, 아무리 들어도 목소리가 익숙하단 말이야."

무영이 눈을 가늘게 뜨고 바라보자 한빈은 어깨를 으쓱했다.

그때 악필승이 한빈의 옆에 바싹 붙었다.

악필승은 무영의 눈치를 보더니 한빈을 몇 걸음 떨어진 곳으로 잡아끌었다.

그것도 모자라 악필승은 귓속말로 한빈에게 속삭였다.

"주군, 이자는 노망난 것이 분명합니다. 그런데 이상한 것이 꿈속에서 주군의 모습을……."

악필승이 늘어놓은 말에 한빈은 표정을 숨겨야 했다.

대충 이야기를 들어 보니 한빈이 심상 수련에서 봤던 장면을 무영도 똑같이 본 것이었다.

그렇다면?

말이 꿈속 심상 수련이지 현실이나 다름없다는 말이었다.

여기까지 생각한 한빈은 등골이 오싹해졌다.

지금 눈앞에 있는 무영은 집요하기 짝이 없는 자였다.

꿈속에서의 고마움은 꿈속에 남겨 놓는 것이 맞았다.

괜히 여기에서 알은척을 했다가는 코가 꿰일 수 있었다.

"흠."

한빈이 자신도 모르게 침음을 삼켰다.

지금 중요한 것은 무영이 누군지가 아니었기 때문이다.

이 자리에 일지대사를 데려오는 것이 중요했다.

한빈의 계획에 무영은 필요 없었다.

오직 일지대사만이 필요했다.

한빈은 조용히 고개를 돌려 무영을 바라봤다.

무영은 뭔가 알겠다는 듯 연신 고개를 끄덕이고 있었다.

그를 바라보던 한빈은 눈을 빛냈다.

무영에게 시킬 일이 떠올랐기 때문이다.

한빈이 그에게 한 발 다가설 때였다.

악필승이 한빈의 소매를 잡았다.

"주군, 도와주셔야 합니다. 저는 중이 되기 싫습니다."

"마음 푹 놓아도 되네, 악 가주."

"약속하신 겁니다."

"물론이지."

말을 마친 한빈은 무영의 앞에 섰다.

구경꾼들은 마른침을 삼키며 한빈과 무영을 지켜봤다.

조금 전까지 무당파와 날을 세우던 해남파의 무인들까지 자리를 잡고 구경하고 있었다.

졸지에 구경거리가 된 한빈.

황당한 상황에도 한빈은 웃음을 잃지 않았다.

무영 앞에 선 한빈은 아무렇지 않게 말을 이었다.

"무영 대사님? 그리 불러도 될까요?"

"어찌 부르든 무슨 상관이더냐? 꽃이 피면 열매가 맺는 법. 과정은 중요하지 않은 법이다."

"무슨 꽃이 폈습니까?"

"인연이라는 연꽃이 피었구나. 그것도 이곳 해검지에 말이다."

"하하, 왠지 낯간지럽군요. 그런데 무슨 인연입니까?"

"사제의 인연이지 다른 게 뭐가 있겠는가?"

"그래서 하는 말인데요."

한빈이 살짝 목소리를 낮췄다.

그 모습에 무영도 살짝 상체를 기울였다.

"말해 보게."

한빈이 부드러운 미소와 함께 말을 이었다.

"말이 나와서 하는 이야기인데……. 내기 하나 하는 게 어떻겠습니까?"

그 말에 무영의 얼굴에 화색이 돌았다.

한빈이 기대했던 표정이었다.

무영과 한빈이 꾼 꿈이 같다는 것은 모든 것이 그들의 실제 경험이라는 뜻이었다.

즉 한빈만큼 무영을 잘 아는 이는 세상에 없다는 말도 되었다.

그만큼 백 일 동안 꿈속에서 둘의 관계는 끈끈했다.

꿈속에서 무영은 내기를 좋아하는 성격이었다.

내기라면 한빈도 못지않게 좋아하지만, 지금 중요한 것은 자신의 힘을 들키지 않는 것이었다.

무당파의 도인들에게도.

무영에게도 말이다.

무당파의 도인을 안심시키면서도 한빈의 뜻을 이룰 방법은 무엇일까?

바로 내기로 무영을 옭아 넣는 것이다.

그때 무영이 활짝 웃으며 답했다.

"내기라……. 좋지. 내가 이기면 자네는 내 제자가 되는 것일세. 그리고 저기 있는 친구는 내 사손이 되어야 하네."

"알겠습니다. 대신 제가 이기면 제 부탁을 하나 들어주셔야 합니다. 그리고 제자니 사손이니 하는 얘기는 없는 것으로 하시지요."

"좋네. 종목은 자네가 정하게."

"정말 제가 정해도 되겠습니까?"

"하하. 내가 한 입 가지고 두말할 땡중처럼 보이나?"

"네."

"허허, 내 제자가 되면 눈부터 고쳐 줘야 하겠군."

"사양하겠습니다."

말을 마친 한빈은 손가락을 튕기려다가 멈칫했다.

생각해 보니 이런 사소한 동작 하나도 조심해야 할 것 같아서였다.

한빈의 눈빛을 본 설화가 재빨리 달려왔다.

"공자님, 말씀하세요."

"열다섯 번째 보따리를 가져오너라."

"걱정하지 마세요."

고개를 끄덕인 설화가 낙엽 밟는 소리를 남기고 사라졌다.

그 모습에 무영의 눈빛이 깊어졌다.

은은히 미소만 피워 올릴 뿐 무영은 입을 열지는 않았다.

둘 사이의 정적은 구경꾼들의 호기심을 더욱 돋웠다.

누군가가 말했다.

"대체 뭐 하려는 거지?"

"칼밥 좀 먹었다는 자가 상황 파악이 이렇게 안 되나?"

"그게 무슨 소린가?"

"딱 보면 저들이 무엇을 하려는지 모르겠는가?"

"내가 그걸 어찌 아는가? 딱 보니 장난하는 것 같기는 한데……."

"자네는 멀었구먼."

"뭐가 멀었다는 건가?"

"저건 누가 봐도 강호에 행사가 있을 때마다 오는 약장수 아닌가?"

"약장수라고?"

"저렇게 시선을 한곳에 모은 후 가짜 영약을 팔겠지. 뭐, 영약이 아니라면 다른 물건이라도 팔 것일세."

"약장수가 저렇게 목숨을 건다고?"

"내 말이 맞는지 틀리는지 한번 보게. 내기를 걸어도 좋네."

"그럼 뭘 걸까?"

구경하는 강호인들도 이 상황에 대해 침을 튀기며 토론을 이어 나갔다.

무당파의 수운은 심각한 표정으로 한빈을 바라봤다.

그는 이 상황을 어떻게 정리해야 할지 난감했다.

해검지를 책임지고 있는 것은 수운.

하지만 그는 이 상황이 이해되지 않았다.

땡중과 상인, 거기에 하북팽가의 넷째까지 나타나더니 이제는 내기판까지 벌이기 시작한 것이었다.

하북팽가의 넷째가 붉은 무복을 입고 다닌다는 것은 수운도 익히 아는 사실지만, 붉은 무복을 입었다고 다 하북팽가의 사 공자라고 볼 수는 없는 법.

모든 것이 확실치는 않았다.

구경꾼들의 말대로 약장수라면 바로 쫓아내는 것이 맞았다.

하지만 수운은 저들의 행동에 이해 안 되는 구석이 있었다. 거기에 호기심까지 더해지자 이제는 다음 상황이 기대되었다.

모두가 눈을 빛내고 있을 때 설화가 나타났다.

설화는 아무렇지 않게 한빈의 앞에 보따리를 풀었다.

보따리 속에서 나타난 것은 바둑판이었다.

바둑판을 본 무영이 입가에 미소를 지었다.

그 미소를 보고도 한빈은 아무렇지 않게 바둑판을 그의 앞에 내밀었다.

무영이 인자한 미소와 함께 입을 열었다.

"나를 모르는 것이 확실하군."

"그게 무슨 말입니까?"

한빈은 모르는 척 고개를 갸웃했다. 물론 한빈은 무영이 한 말의 뜻을 알고 있었다.

중원 최고의 국수(國手)를 꼽는다면 황보만청이나 제갈세가의 사람들을 거론하곤 한다.

한빈도 그들의 말에 이의를 제기할 생각은 없다.

하지만 강호라는 세상은 넓고도 깊은 법이었다.

한빈은 지난번 심상 수련에서 중원 최고의 국수를 보았다.

그가 바로 무영이었다.

무영은 몇십 년 동안 면벽 수련을 했다고 밝혔다.

하지만 한빈은 그것을 믿을 수 없었다.

백 일 동안의 심상 수련 속에서 그를 위해 제법 많은 대국을 했다.

대국을 하면서 한빈은 그에게 벽을 느꼈다.

면벽 수련 기간 무영이 바라봤던 것이 단순한 벽이 아니라 바둑판일 것이라는 확신까지 들었다.

그 정도로 무영의 실력은 대단했다.

지의 구결까지 썼는데도 대국에서 패했으니, 이것은 한빈의 착각이 아니었다.

그런데 바둑판을 내미니 당연히 무영의 얼굴에 화색이 돌 수밖에 없었다.

무영의 웃음기 어린 입술이 열렸다.

"몰라도 되네. 그런데 바둑으로 내기를 해도 괜찮겠나?"

"저는 바둑을 두고 싶지 않습니다."

"그게 무슨 말인가?"

무영이 두 눈을 크게 떴다.

구경꾼들도 당황하기는 마찬가지였다.

"저게 무슨 말이지? 바둑판을 놓고 바둑을 두지 않겠다니?"

"잠깐! 그런데 자네는 내기에서 졌네. 지금 약장수는 아니지 않은가?"

"잠시 기다려 보게. 저러다 약을 팔 것이 분명하네. 벌써 자네도 혹하지 않았는가? 자네가 이 정도로 집중한 적이 있던가?"

"허허, 듣고 보니 그러하네."

그들의 오해 속에서도 한빈은 표정 하나 변하지 않고 바둑돌이 든 조그만 상자를 바둑판 위에 올려놓았다.

다음 권으로 이어집니다

송장벌레 신무협 장편소설

귀신같은 창귀槍鬼가 돌아왔다,
때 묻지 않은 어린 시절의 몸으로!

피로 몸을 씻던 전장의 말단 독종
구르고 굴러 지고의 경지까지 올랐으나⋯⋯

혈교의 혈겁을 막기 위한 회귀인가
의형제의 복수를 위한 회귀인가
알 수 없다
전생에서 그를 막던 모든 것을 치울 뿐

"내 의형의 가슴팍을 칼로 도려내기도 했고?"
"무, 무슨 소리야⋯⋯ 그런 적 없어!"
"그런 적 있어. 기억은 안 나겠지만."

매 걸음마다 피도 눈물도 없는 전투
세상 모든 것이 그를 꺾으려 든다!

꿈의 도약, 로크에서 하십시오
(주)로크미디어에서 신인 작가를 모십니다

즐거운 세상, 로크미디어는 꿈을 사랑하고 도전을 두려워하지 않는 작가 분들의 참신한 작품을 기다리고 있습니다. 21세기 장르 문학계를 이끌어 갈 차세대 선두 주자 (주)로크미디어에서 여러분의 나래를 활짝 펴 보시길 바랍니다.

모집 분야 판타지와 무협을 포함한 장르 문학
모집 대상 아마추어 작가, 인터넷 작가
모집 기한 수시 모집
작품 접수 시 유의 사항
  1. 파일명은 작가명_작품명.hwp형식을 갖춰 주십시오.
  1. 파일에 들어갈 내용은 다음과 같습니다.
      − 성명(필명인 경우 실명을 밝혀 주세요), 연락처, 이메일 주소
      − 제목, 기획 의도
      − A4용지 1장 분량의 등장인물 소개
      − A4용지 2장 분량의 전체 줄거리
      − 본문
  1. 작품이 인터넷에 연재되고 있다면, 게시판명과 사이트의 구체적이고 정확한 주소를 기재해 주십시오.

선택된 작품은 정식 계약 후 출판물로 간행되어 전국 서점에 유통됩니다.
작가 분은 (주)로크미디어의 전폭적인 지원하에 전속 작가로 활동하시게 됩니다.
※ 자세한 내용은 로크미디어 홈페이지(rokmedia.com)를 참조하세요.

(03920)서울시 마포구 마포대로 45 일진빌딩 6층
(주)로크미디어 편집부 신간 기획 담당자 앞
전화 : 02) 3273 - 5135
www.rokmedia.com   이메일 : rokmedia@empas.com